좋은 일이 아주 없는 건 아니잖아

좋은 일이
아주 없는 건
아니잖아

황인숙
산문집

차
례

1부 해방촌에서

2부 달려라, 캣맘

3부 모든 것이 아름다울 뿐

1부

해
방
촌
에
서

순하고 따뜻하고 맑은、

남쪽 바다

기분좋은 꿈을 꾸면 좋은 선물을 받은 것 같다.

바다를 보는 꿈을 꾸면 행복하다. 아주 오래전에는 바닷속을 인어처럼 헤엄쳐 누비는 꿈도 간간 꾸었는데, 이제는 바닷가에서 바다를 바라보는 꿈만 꾼다. 어쩌다가는 발을 담그고 찰랑찰랑 종아리를 기어오르는 파도와 발바닥 아래 사르륵 빠져나가는 모래의 감촉을 느낀다.

내 꿈속의 바다들. 대개는 다른 곳이고 드물게 같은 곳인 내 아름다운 바다들. 그리워도 이 세상에는 없어 마음먹고 찾아가볼 수 없다.

언제부턴가 바다 꿈을 잘 꾸지 않는다. 실제 바다를 본 지 오래돼서 그런 것 같다. 아주 젊었을 때, 제주도에 가려고 부산에서 배를 탄 적이 있다. 저녁에 출발해서 아침에 도착하는 배였다. 그 전날 반나절을 해운대에서 파도타기를 하고 놀아 바다의 리듬이 몸에 익어서인지, 열네 시간 동안 전혀 멀미를 하지 않았다. 좋은 날씨 덕분이기도 했을 테다.

배 바닥에 가까운 삼등 선실에서 한밤에 잠에서 깨어, 바다를 보려고 자리를 털고 일어났다. 갑판으로 통하는 계단 참의 둥근 선창 너머에 검디검고 맑디맑은, 깊은 바다가 있었다. 그 자리에 붙박여 나는 오래오래 바다를 들여다보았다. 그리고 생각했다. 내가 죽으면 바다에 수장해달라고 하리라. 깊고 깊은, 어둡고 어두운 바다인데 거기 떠도는 내 주검을 떠올리니 한없이 정화되는 기분이었다. 바로 저기가 내가 기꺼이 주검을 맡길 곳 같았다. 그런데 그 두어 달 뒤 생각이 바뀌었다. 한낮에 집을 나서 남산 자락을 걷는데, 노르스름한 가을 햇살이 풀밭에 나무에 내 얼굴에 바삭바삭하고 따뜻하게 내려앉았다.

나른한 행복감을 느끼며 문득 그 바닷속을 떠도는 내 주검을 떠올렸다. 가혹하게 춥고 무섭고 외로웠다. 햇볕으로 잘 마르고 데워지는 땅이 얼마나 좋은지 절절히 느껴졌다.

그리하여 접었던 바다에 묻히는 꿈을 이제 절충해서 다시금 간직한다. 화장을 한 뒤 가루 낸 유골을 바다에 뿌리

는 것. 그 바다는 내 꿈속의 바다와 비슷해야 한다. 순하고
따뜻하고 맑은 남쪽 바다, 그러니까 통영쯤이면 좋겠다.

고양이 밥 주는 알바를 구할 거야

또 밥 딜런이네. 요즘 내가 애청하는 인터넷 라디오 음악 방송에서 밥 딜런 노래가 자주 나온다. 그가 노벨문학상을 타서 그럴 테다. 어제 한 친구가 "사이다 같은 소식!"이라며 그 뉴스를 전해줬다.

좋겠다, 밥 딜런은! 내가 하염없이 부러운 건 그에게는 아마 크게 대단치 않을 액수의 노벨문학상 상금이다. 음, 사이다 같은 소식을 듣고 고구마 같은 생각이나 하는군.

요즘 내 사는 게 그렇다. 세상에 불행이 만연한데 그 불행은 거의 돈으로 해결할 수 있으며 내 불행도 마찬가지라는 것을 잊을 틈이 없다. 세르반테스가 말했다지. '빵만 있으면 어지간한 슬픔은 견딜 수 있다'고. 나아가 나는 외친다. '빚만 없으면 빵이 없어도 어지간한 슬픔을 견딜 수 있다'고(빵을 어지간히도 먹어대는 내가 할 말은 아닌 것 같다만).

날 저문 지 오래고 밤 깊어가는데, 가진 에너지를 다 소진하고 기진맥진한 채 마저 마쳐야 할 일을 잔뜩 둔 사람, 나도 그런 사람의 하나다.

조상님이 꿈에 나타나 당첨번호를 가르쳐줬다는 로또 1등 당첨자들이 있다고 한다. 그 조상님들은 살아생전 복권에 관심이 많았나보다. 나도 그런 조상님 한 분 계시면 좋으련만. 나중에 내가 그런 조상이 되려나? 바다 꿈을 꾸면 행복하지만, 로또 당첨번호를 받는 꿈을 꾸면 펄쩍 뛰도록 행복하겠다. 정인을 환장하게 보고자파한 옛 가인은 꿈길밖에 길이 없어 꿈길로 갔고, 돈을 환장하게 가지고자파하는 나는 로또밖에 길이 없어 로또를 산다. 흐, 로또가 내 꿈길이라네.

언젠가 지금은 연금복권이 된 주택복권을 자주 사는 내게 한 친구가 복을 빌어주는 마음 가득한 얼굴로 복권 열 장을 건네줬던 게 생각난다. 저는 복권 같은 거 한 번도 산적 없는 사람이 "요즘 일이 잘 풀리는 내가 사주면 어떨까?" 하면서.

새로 생기기도 하고 없어지기도 한 이러저러한 복권들 중에서 로또만큼 많은 사람이 열중한 복권은 없을 테다. 나는 한 주에 5천 원, 가끔 1만 원을 투자하는데, 큰돈을 쏟아붓는 사람도 많다고 한다.

나라 밖에서 날아온 해프닝 같은 한 에피소드가 생각난다. 스페인의 한 작은 자치구, 예산에 쓸 돈이 너무 적게 남아 침통해진 의회에서 한 의원이 제안했단다. 우리, 그 돈으로 전부 로또를 사자. 그만큼 많이 사면 당첨될 확률이 얼마나 높겠는가. 로또로 성공해서 예산을 듬뿍 늘려 이 일도 하고 저 일도 하자. 이 제안이 가결돼 잔고를 톡 털어서 로또를 샀는데 결과는 꽝이었다고. 주민들에게 뭐라고 해명했을까. 어쩌면 미리 주민들 동의를 얻었을지도 모른다. 다들 즐거이 응했을 것 같다.

온 마을이 일주일 동안 조마조마하고 두근두근했겠지. 과연 스페인, 화끈하다. 왜 그들은 로또로 공공자금을 탕진했을까? '어차피!' 하고 이판사판 심사도 있었겠지만, '어쩐지' 당첨될 것 같아서였을 테다. 꿈이 있어서였을 테다. 꿈꾸는 자는 용감하다. 어떤 사람은 허황하다고도 하고 무모하다고 할 테지만.

나는 왜 로또를 사는가? 로또를 사지 않고는 못 배기는 가? 가장 큰 동인은, 어쩐지 당첨될 것 같아서이다.

세상에는 복권을 사는 사람과 복권을 사지 않는 사람이 있다. 그들을 행운을 믿는 사람과 행운을 믿지 않는 사람이라고 해도 좋을 테다. 내가 잘살기를 나 못지않게 바라 마지 않는 내 친구들이 내가 꼬박꼬박 로또를 사는 걸 걱정하지 않는 건 내가 허황되기는 하지만 무모하지 않다는 걸 알아서일 테다. 무모한 투기를 할 자금동원력이 없다는 것도 안다. 결국 신기루처럼 흩어져 사라져도, 실낱같지만 분명한 그 꿈이 내게 큰 즐거움이라는 걸 심란해도 이해하는 우정이어라.

돈이라면 사족 못 쓰는 인간을 경멸하고 세속적 욕망을 무시하면서 자본주의를 몹쓸 것이라 여기는 사람임에도, 자본주의의 막장드라마 같은 내 로또에의 꿈을 호위해주는 친구가 있다. 그가 삶의 방향을 틀어보려 목공예에 정진했던 몇 해 전이었다. 그는 두툼한 참나무 원목으로 뚜껑 달린 상자 하나를 만들어 내게 선물했다. 다탁茶卓으로 써도 좋고 의자로 써도 좋을 튼튼하고 멋진 상자였다. 한 면에 고양이가 드나들 크기의 구멍이 뚫려 있었다. 선물을 주는 사람이나 받는 사람이나 낄낄 웃었다. 상자를 만들 때도 그는 웃었을 것이다.

나는 문구점에서 탁구공을 한 상자 사 왔다. 그리고 사인펜으로 1, 2, 3, 4,……45를 적은 탁구공들을 '로또 박스' 안에 넣었다. 상자 구멍에 손을 넣고 꺼낸 탁구공의 번호들이 내가 살 로또 번호가 될 것이었다. 내 로또 행각에 재미를 더하라고 만들어준 그 호사스러운 장난감은 그러나 몇 번 갖고 놀지 못해봤다. 로또 5천 원어치면 서른 번 탁구공을 꺼내야 하는데, 그럴 느긋한 시간이 나지 않았기 때문이다.

아, 그 '로또 박스'를 받을 때만 해도 지금에 비하면 얼마나 태평한 시절이었던가. 고양이 밥 돌리는 구역도 지금의 절반도 안 됐고.

그 친구는 재작년에 우리 이웃 동네로 이사 온 뒤에 종종 고양이 밥 주는 일을 도와줬다. 힘든 일을 싫어하고 고양이를 좋아하지도 않으면서 꾹 참고. 그걸 그가 내색하지 않아 나는 몰랐다.

그러던 차 지난해 10월말에 내 왼쪽 손목뼈가 부러졌다. 양손에 짐을 들고 넘어졌는데 순식간 '빠직' 소리가 나며 나뭇가지처럼 부러진 것이다. 그가 아니었으면 어쩔 뻔했나! 손목이 나을 때까지 삼 개월 동안 거의 매일 그가 고양이 밥을 들고, 나는 빈손으로 다녔다. 그때 넌더리가 났는지 그는 이제 내 고양이 밥 셔틀 요청을 외면한다. 더불어 그 기간에 여러모로 답이 없는 내 삶의 질곡이 그에게 발각된 모양이다.

어쩌다 나는 발견하는 자가 아니라 발각되는 자가 되었나. 생각하면 할수록 한없이 고맙고 미안하기만 한 그는 자기가 내 가슴에 못을 박은 걸 모르리. 알면 좋을 텐데. 왜냐하면 못이 되라고 어렵사리 꺼낸 말을 내가 귓등으로 흘려듣는다고 보았던 것 같으니까.

지난 오월이었다. 오랜만에 만나 함께 밥을 먹던 그가 작정한 듯, 내게 고양이 밥 구역을 줄여야 한다고 주장했다.

"안 돼! 불가능해. 봐서 알겠지만, 어디를, 어떤 고양이를 줄여?"

즉각적인 내 대꾸에 그는 울컥했다.

"선배, 그렇게 살면서 글 쓸 시간을 도대체 어떻게 내? 글도 제대로 못 쓰고 살잖아? 수입도 변변찮은데 그 비용을 또 어떻게 감당하고? 선배 힘이 닿는 만큼만 해야지!"

나를 물심양면 도왔던 터라 그로서는 꺼내기 더 힘든 말이었을 테다.

"그러게 말이야. 할 수 없지. 내가 더 잘해야지. 고양이는 정해진 거고, 그건 어떻게 바꿀 수 없고, 내가 잘살아야지."

나는 중얼거렸다. 생각 없이 한가로운 소리로 들렸을까. 그 친구의 말투가 점점 간곡하고 강경해졌다.

"무슨 수로? 선배, 이 사람 저 사람한테서 돈 많이 빌리지?"

어떻게 알았지! 나는 뜨끔해서 멈칫했다가 자복했다.

"응."

그는 착잡한 얼굴로 나를 노려보더니 차가운 목소리로 단언했다.

"선배, 그렇게 살면 인간관계 파괴돼. 왜 그렇게 살아?"

인간관계, 파괴! 이런 말까지 나오는 걸 보면 누구한테 무슨 얘기인가를 들은 거다. 그게 뭐 중요한가. 누군지, 없는 얘기를 한 것도 아니고. 없는 얘기면 얼마나 좋을까.

내가 이른 지경이 이 지경인가? 그렇군. 망신, 파탄……. 더이상 입을 열지 못하는 내 얼굴 보기가 무참했던지 그는 고개를 돌리고 한숨 섞인 혼잣말을 했다.

"선배같이 살면서 어떻게 빚을 지지 않을 수 있겠어? 에 잇, 로또가 되든지 해야지……."

동아줄 붙들 듯 그 말끝에 매달려 나는 실실거렸다.

"그래, 이제부터는 자동으로 사지 말고 꼭 로또 박스에서 번호 뽑아야지. 정신일도 하사불성精神一到 何事不成으로!"

웃기지도 않을 말에 나도 모르게 담은 그 어떤 간절함이 기가 막힌 듯 서글픈 듯 왠지 좀은 약오르기도 한 듯 그는 착잡하게 피식 웃었다. 내면의 누더기처럼 실생활의 누더기 도 한번 들춰내면 그 퀴퀴한 냄새가 좀체 가시지 않는다. 적 에게는 아무래도 좋지만, 친구에게는 절대 알리지 말아야 했을 내 실상, 그 불그죽죽한 궁상!

내가 손목뼈를 부러뜨린 지 며칠 지나지 않은 어느 토요 일이었다. 함께 고양이 밥을 돌린 뒤 식당에서 밥을 먹고 나 섰을 때 그가 문득 물었다.

"지금 몇시야, 선배?"

"왜?"

"로또가……"

그는 중얼거리더니 휴대폰에서 시간을 확인했다. 일곱시

오십몇분인가 그랬다.

"와!"

우리는 동시에 외치며 편의점을 향해 달려갔다. 그가 5천 원어치씩 두 장 사서 내게 한 장을 건넸다. 와, 깜빡 잊었었는데 하마터면 큰일날 뻔했네!

편의점 앞 횡단보도에서 신호등이 바뀌기를 기다리며 나는 로또를 접어 바지 뒷주머니에 소중히 넣었다. 다시 흩뿌려지기 시작하는 빗속을 걸으며 그가 싱글거리며 물었다.

"선배, 1등 당첨되면 뭐할 거야?"

"응, 먼저 고양이 밥 주는 알바를 구할 거야."

어쩌면 그는 피곤하던 차에 고양이 밥 알바 쓰기에 대한 내 평소 소망을 떠올리고 로또 생각을 해냈을지 모른다. 내가 늘어놓는 이런저런 로또 1등 당첨금 용처를 듣던 그가 섭섭한 척하며 말했다.

"나한테는?"

"음, 스쿠터 한 대 사줄게."

어쩐지 예감이 아주 좋았던 그 로또, 당첨이 됐는지 안 됐는지 확인하지 못했다. 집에 돌아와서 주머니란 주머니, 가방이란 가방을 구석구석 뒤졌지만 감쪽같이 사라진 것이다. 주머니에 넣을 때, 어쩌면 걸으면서 길에 흘렸을 테다. 내가 들뜬 목소리로 꿈을 펼친 시간에도 길에서 비에 푹 젖고 있었겠지. 꼭 당첨됐을 것 같은, 하다못해 2등이라도 됐을 것 같은 로또. 내 삶에서 칙칙함을 확 걷어냈을 기회를 그렇게 물먹이다니, 그에게 면목 없는 일 추가다.

아, 나, 뭐 이렇게 사냐? 어디서부터 꼬였는지 모르지만, 인생이 꼬이는 것도 다 그럴 만해서 그럴 터, 살아내다보면 답이 보일지도.

그래도 좋은 일이 아주 없는 건 아니잖아? 당장 생각나는 건 없다만…… 만사를 잊고 자야지. 내일 깨서 생각해야지. 잠이 보약이다. 근심으로 잠 못 이루는 친구들이여, 만사를 잊고 주무세요. 부디 좋은 꿈을 꾸세요.

좋은 꿈만 꾸면 좋겠지만 세상사가 다 그렇듯 꿈도 골라 꿀 수 없다. 그저 아주 나쁜 꿈을 안 꾸면 다행이라 생각하는 게 이롭다. 그런데 또 어떤 꿈이든 꿈을 꾸는 건 정신 건강에 좋다고 한다. 악몽이나 흉몽도 그렇게 꿈으로 꾸어야 머리와 가슴에 맺히고 뭉친 것이 풀린다고 한다. 번번한 악몽 때문에 잠들기가 무서운 사람에게 힘이 될 말이다.

눈의 젖은 왈츠

입춘도 지나고 우수도 지났으니 이번 겨울이 끝나가는 거겠지? 몹시 추운 겨울이 될 거라고들 했는데 겁먹었던 것에 비해 춥지 않았다. 매사 지레 겁먹는 건 마음을 위축시키지만, 정작 겪을 때면 각오한 것보다는 덜하다는 다행감으로 그럭저럭 견딜 만하게 하는 좋은 점이 있다. 비관주의, 엄살, 호들갑도 비슷한 효과를 내는 삶의 처방일 테다.

봄이 완연한 자태를 드러내기까지 꽃샘추위 등등이 기세를 떨칠 수도 있지만, 돌연 한파가 몰아쳐도 겨울이 남은 한기를 부르르 털어내는 것이라 여기며 기죽지 않으리라.

낮부터 비가 올 거라는 라디오 예보를 들으니 가슴께가 서걱서걱 살얼음 지는 걸 어쩔 수 없네. 이맘때의 비는 젖은 눈처럼 추적추적 내린다. 어차피 올 비라면 꾸물꾸물하지 말고 얼른 시작해서 늦어도 오후 네시에는 그치렷다!

언제부터인가 비 오는 게 싫다. 그토록 좋아했는데 꺼리게 된 세 가지, 눈과 비와 긴 계단.

하, 라디오 방송 진행자가 상큼한 목소리로 전하네. 많은 비가 예상되며 중부지방에는 비가 눈으로 바뀌리라고. 그리고 이어서 자기 하트에 빗방울이 떨어진다고 기꺼워하는 팝송을 들려준다. 그 빗방울은 한여름의 빗방울, 청춘의 빗방울이지. 나도 비가 오면 가슴이 설렜었다. 어떤 날은 티셔츠와 짧은 바지, 어떤 날은 한 겹 미니 원피스, 최소한의 옷을 입고 샌들을 신고 보슬비건 폭우건 하염없이 빗속을 걸었던 여름날들…….

가파른 비탈길을 내려갈 때면 샌들을 벗어들고 맨발로 걸었지. 아스팔트 위를 개울로 만든 빗물이 콸콸 흘러가며 발가락 새에서 간질거렸지. 하하, 비 맞고 다니면 머리카락 빠진다는 걱정 어린 충고에 나는 머리카락 빠지면 더 좋다고 진심으로 생각했다. 머리숱이 무거울 정도로 많았단 말이지.

쳇, 언제부터 이렇게 됐지? 좋은 건 다 과거형이로군. 그때는 그렇게 좋은 줄 몰랐건만. 젊은 날에도 빈약했던 내 좋은 것들이여, 빈약했기에 이제 와서 이리 생생한 건가. 그러니 무엇이든 다 괜찮은 구석이 있네.

며칠 전 M. C. 비턴의 추리소설 『매춘부의 죽음』을 읽다가 거기 인용된 T. H. 베일리의 글귀에 한참 울가망했었다. "나는 나비가 되고 싶어. 방랑자처럼 살면서. 아름다운 것들이 사라지면 죽어가면서." 그 허망함, 그 연약함, 그 오만함, 그 초연함. 유치찬란하고 아름다운 꿈을 품던 뭘 모르던 시절, 정확히 말하면 그 시절의 나에 대한 그리움과 상실감에 가슴이 아렸다.

베일리는 알았을까? 그건 요절에의 꿈이다. 그 꿈을 이루려면 나비처럼 딱 한 시절만을 살아야 한다. 늙지 않으려면 죽어야 하고 죽지 않으려면 늙어야 하는데, 늙는다는 건 아름다운 것들이 사라진 다음에도 꾸역꾸역 사는 것이다.

아, 모든 건 다 좋은 점이 있다. 그렇게 살아내서 '아름다운 것들이 사라지면 죽어가는' 것들의 아름다움을 더욱 생생히 느끼고, 그러지 못해 통절한 상실감을 너희는 결코 모를 거라며 요절한 사람들에 대한 질투를 상쇄할 수도 있구나.

내 삶이 나비 같기를(그 짧음이 아니라 아름다움으로) 바랐던 시절, 방랑(그것이 정작 어떤 것인 줄도 모르면서)을 꿈꾸고 아름다움만이 지선이라고 여겼던 시절을 생각하니 나비 같은 소녀들이 옹기종기 모여 있던 장면이 떠오른다.

점심시간이었다. 학교 안 어딘가 갔다가 돌아오는데, 교실 문 앞 복도에서 귀에 익은 음악이 울려퍼지고 거기에 맞춰 급우 예닐곱 명이 춤을 추고 있었다. 녹음기의 릴 테이프에서 흘러나오는 보케리니의 〈미뉴에트〉가 끝나자 한 애가 무리에서 나와 쪼그려 앉아서 테이프를 되돌렸다. 아마 그애는 제 언니에게 배웠을 포크댄스를 친구들에게 가르쳐주는 것이었을 테다. 다시 아이들은 즐거운 얼굴로 그애의 리드를 받으며 춤을 추고, 나는 둘러서서 구경하는 무리에 끼어 있었다. 춤추는 무리에 친한 애도 서넛 있건만 나는 그저 부러워할 뿐 바라만 보고 있었다. 지금 같았으면 "거참 재밌겠다!" 하면서 끼어들었으련만.

무용 수업 시간에조차 전부 춤출 때는 몰라도 한 줄씩, 혹은 혼자 춤을 춰야 할 때면 꼼짝도 안 해 선생님께 야단을 맞곤 했으니, 나는 수줍기도 수줍고 시선 공포증이 있었던 거다. 나이들면서 낯이 두꺼워지니 남의 시선으로부터 가림막이 생긴 듯 다소 편하다. 아, 눈이 오네…….

이제 밤도 말랑하고 따뜻하겠지

내 방은 세 방향으로 창이 나 있다. 남쪽 서쪽 북쪽, 모든 창이 햇살 비추는 한낮이다. 창이란 창을 다 열어놓으니 방안에 바람이 가득하다. 살짝 쌀쌀하긴 하다. 현재 기온, 바닥 온도 40도에 맞춘 보일러가 쉴 만한 정도.

봄이다. 어제는 낮과 밤의 길이가 같다는 춘분이었다. 오늘부터 낮이 길어지기 시작할 테다. 여행을 좋아하는 사람들은 길 떠나고 싶은 마음 간절해질 테다. 여행지에서는 낮이 긴 게 좋다. 더 많이 쏘다닐 수 있으니까. 밤도 말랑말랑하고 따뜻하겠지.

이제 나무들도 고양이들도 살살 기를 펼 테다. 지난주에는 동네 가로수들과 놀이터 뜰의 나무들 가지치기를 하더라. 깔끔하니 보기 좋아졌지만 나무들 좋으라고 그렇게 한 건 아니겠다.

재작년엔가는 정말 속이 상했다. 수십 년 그 자리에 살았던 아름드리 가로수들이 듬성듬성, 어지간한 크기의 탁상 상판만 한 그루터기로 남은 것이다. 그 일을 지시한 사람에게 악을 쓰고 싶었다.

"당신이 뭔데!? 당신이 뭔데!?"

도시 조경 책임자는 식물 복지도 중하게 생각해야 한다고 본다.

춥긴 춥네. 창을 닫을까, 보일러 온도를 높일까. 다 그냥 두고 패딩을 입었다. 어떤 체형이라도 무난히 가려주고 따뜻해서 언제부터인가 대한민국 국민 겨울옷이 된 검정 패딩이다. 그러고 보니 내가 입고 있는 바지 역시 겨울철 국민 여성 하의, 허리에 고무 밴드가 들어간 검정 기모 바지군. 이렇게 사네……

나이든 살찐 여자로 산 지 10년이 훌쩍 지났건만 아직도 그걸 내 정체성으로 받아들이지 못하는 여심이어라. 나이 먹는 건 어쩔 수 없지만, 살은 좀 빼야지. 살을 못 빼겠으면 자세라도 바르게 잡아야지.

'몸을 한시도 편치 않게 하세요.'

예전에 발레를 배우러 다녔을 때 선생님이 하신 말씀이다. 늘 어깨 끝을 바짝 내리고 등을 펴고 목뼈와 허리뼈를 곧추세우고 배를 집어넣고 있으라는 말씀. 생각난 김에 그리 해 보니 온몸이 시원하고 반듯해지는 듯도 하다.

이러나저러나 외모에 신경 좀 쓰고 살아야겠다. 일본 소설가 시마자키 도손의 사소설 『신생』에도 나오지 않는가.

'한번은 그녀가 몸단장을 하지 않고 있을 때 찾아가 자신의 집에서 볼 때와는 다른 사람이 아닌가 싶을 만큼 운치도 없고 정취도 없는 그녀의 모습을 본 적이 있었다. (…) 그는 일종의 환멸마저 느꼈다. 그때 그는 생각했다. 이렇게 기분이 편해지는 것이라면 왜 좀더 일찍 야나카로 세스코를 보러 오지 않았을까, 하고.'

조카에 대한 '황폐한 열정'에 운명이 휘저어진 지경에도 이러한데, 나는 어쩌자고 낯선 사람을 만나러 나가면서도, 때로 심지어 세수도 안 하고 추레한 복장이었을까. 남루 속에 보석 같은 정신이나 영혼이라도 감추고 있다는 듯이 말이다. 가관이었네.

이렇게 살지 말자.

"너 아직도 포기 안 했구나?" 하곤 살을 빼겠다는 내 결심을 비웃던 남자 동갑내기 친구를 놀래줘야지. 산천이 새로 옷을 입고 고목도 꽃 피울 채비를 하는 봄이다. 나도 무채색을 벗고 화사하니 색을 찾으리라. 그나저나 나는 어느 정도 늙은 걸까.

지난해 초가을에 중학교 급식 조리보조원으로 취직한 친구가 있다. 그는 나보다 여섯 살 어린데, 취업 면접관한테 이런 말을 들었단다.

"집에서 쉬어도 힘들 나이인데, 일할 수 있겠어요?"

맙소사, 집에서 쉬어도 힘들 나이! 우리는 낄낄 웃었다. 그게 웃을 일이야.

친구가 일하는 학교는 부유한 동네에 있어서인지 학생들이 급식을 너무 조금 먹었다고 한다. 그래서 늘 많이 남았는데, 이번 봄에는 모자랄 지경이란다. 이제 갓 중학생이 된 아이들이 초등학교 때보다 격이 높아진 급식에 감동해 엄청많이들 먹어서라고. 가을 학기부터는 심상해져서 먹는 양이 줄어들 테란다.

먹성 좋은 중학교 신입생도, 새침한 여고 신입생도, 제가 이제 성인인가 아닌가 갸우뚱할 대학교 신입생도, 세상 무서움을 배우기 시작한 사회 초년생도 저 봄볕과 봄바람 속에서 움죽움죽 움츠리고 살이 오르겠지.

이 글을 쓰는 내내 니노 페러의 〈그후로도 오랫동안 Longtemps Après〉을 듣고 있다. 1966년에 세상에 나온 곡이다. 50년 저쪽에서 노래하는 저 목소리의 주인공은 1998년에 권총 자살을 했다.

64세였다지. 열 살 덜 먹어도 젊다고 할 수 없는 나이. 내 나이도 거의 그렇다.

꽃
피는

재래시장

옥상에 나가 남산을 바라보니 한 폭 파스텔화 같다. 한창 흐드러졌을 꽃을 인 벚나무들이 줄지어진 저 능선은 남산도서관에서 서울타워로 이어진다.

처음 그 길을 걸었던 때는 나도 젊었고 나무들도 젊었다. 가지 여렸던 벚나무들이 늠름한 골격으로 바뀐 30여 년 세월. 나의 연례행사인 남산 벚꽃 나들이를 언제부터인가 간간 거르고 산다.

어젯밤에는 집을 나섰다가 어디선가 혹 끼쳐오는 향기에 가슴이 철렁했다. 이것은 라일락꽃 향기! 그렇다면 벚꽃이 벌써 다 피었다는 거네. 이럴 수는 없어. 벚꽃 아래를 거닐어 보지 않고 봄을 보낼 수는 없어. 그러나 줄줄이 약속과 할 일이 있다. 그래도 케이블카 하우스에서 국립극장으로 이어지는 저 건너편 골짜기는 벚꽃이 늦게 피고 늦게 지니 한 일주일쯤은 말미가 있을 것도 같고. 바람은 왜 저리도 부는 걸까. 벚꽃 다 떨어지겠네.

　남산도서관과 하얏트호텔 사이의 남산순환도로에 보성여고 쪽으로 내려가는 비탈길이 있다. 30미터쯤의 짧은 그 길 한편에는 이런저런 점포들이 자주 상호가 바뀌며 여전히 조랑조랑 매달려 있는데, 그 건너편은 화단이다. 그 화단의 폭은 저기 어떻게 여인숙이랑 레코드 가게랑 밥집 등이 들어 있었나 싶게 좁다. 상호가 아마 〈멜로디 레코드〉였지. 운영자인 젊은 부부는 가게에 딸린 방에서 두 아이를 키우며 살림도 살았다. 문화적 감수성과 현실의 간극이 큰 듯했던 그들에게 호시절이 주어져서 그 간극을 대폭 줄였기를!

　비탈을 내려가면 바로 해방촌오거리다. 그 오거리 중 두 거리 사이에 신흥시장이 있다. 내가 해방촌에 산 세월이 30년 훌쩍 넘었는데, 맨 처음 둥지를 튼 곳이 신흥시장 안이었다. 한 층 열 평 남짓의 3, 4층 건물이 다닥다닥 붙어서 종으로 횡으로 섰고, 2층 높이로 지붕을 이어 전체를 덮었다. 1층은 가게들, 위층들은 살림집들이었다.

　나는 한 신발 가게 3층의 부엌 딸린 단칸방에서 8년을 살았다. 거기 사는 동안 거의 밥을 해 먹지 않았는데, 집주인 며느님이 끼니마다 나를 챙겨주셨던 것이다. 내 또래인 그이는 외로움 많이 타고 정 많은 사람이었다. 가난하고 젊은 내가 그이와 그 가족을 만나 따뜻하고 안전하고, 그리고 자유롭게 8년 세월을 지낸 걸 생각하면 두고두고 고맙다.

이 시장 이름을 나는 오랫동안 '해방촌시장'으로 알고 있었다. '신흥시장'이라고 제대로 안 게 몇 년 안 되는데, 이미 시장이 망가진 뒤였다. 지물포도 신발 가게도 이불 가게도 문을 닫은 지 오래고, 어물전이며 채소 가게며 과일 가게도 하나하나 사라져 휑하기 짝이 없었다.

가게가 거의 빈 재래시장은 쓸쓸했다. 그런데 한두 해 전부터 분위기가 바뀌었다. 시장으로 회생한 건 아니지만, 드물게 남은 옛날 시장의 구조와 형태가 젊은이들에게 '핫한' 공간으로 소문나서 공방이나 카페가 들어서기 시작한 것이다. 덕분에 땅값이 엄청나게 올랐다니, 남은 희망이었던 재개발도 무산돼서 실의에 찼던 건물주들, 특히 내 옛날 집주인을 위해서 잘된 일이다.

부동산으로 부를 쌓는 건 바람직한 일이 아니지만, 그들 대개가 억척스레 살아오면서 그 작은 땅 하나 지킨 걸 아는

니만큼 행운이 그들을 피하지 않은 걸 다행으로 여기지 않을 수 없다.

인적 없던 시장에 이제 젊은 사람들도 흔히 눈에 띈다. 사람뿐인가. 며칠 전에는 샛길을 통해 시장에 들어서 막 모퉁이를 도는데 어둠 속에서 한 동물의 실루엣이 어른거려 나는 흠칫했다. 그 역시 순간적으로 흠칫했으나 나를 거들떠보지도 않고 매대였던 낡은 판자때기 위에 흩뿌려진 뭔가를 열심히 먹을 따름이었다.

믿기지 않게도 그것은 나귀였다! 그 목덜미를 한번 쓸어보고 싶었지만 불쑥 만지면 싫어할 것이었다. 지그시 눈을 들여다보면서 "너를 한번 만져봐도 괜찮겠니?" 양해를 구할 시간은 없었다. 맛있는 거라도 하나 주고 싶었는데 내 보따리에는 반추 동물이 절대 먹어서는 안 되는 고양이 사료뿐이었다. 아, 물이라도 주고 올 걸 그랬네.

웬 나귀가 혼자 거기 있을까. 걱정이 되고 궁금하던 차에 평상에 걸터앉은 청년을 만나 물어봤다. 다행히 그가 답을 알고 있었다. 시장에 책방을 냈다는 방송인 노홍철씨의 나귀라고 했다. 아, 예쁜 나귀, 또 보고 싶다.

선의로 가득한 지옥이었네

후암동 종점은 해방촌에서 후암동으로 막 넘어간 삼거리에 있다. 말이 종점이지 202번 버스 노선의 한쪽 종착점인데 차고지는 없고, 운전기사가 화장실 볼일 등으로 운전석을 나와 다리를 펴는 짧은 시간 정차 뒤 버스는 바로 되돌아간다.

우리 동네 길이 전에는 퍽 한산했는데, 언제부터인가 교통량이 엄청 늘어서 불과 이차선 이면도로를 한참(이 분 정도) 기다리다 건너게 되는 경우가 잦아졌다.

아주 피곤할 때면 약이 올라서 "남의 동네 길을 왜 이렇게 많이 지나다니는 거야?" 악을 쓰며 차를 흘겨보기도 했다. 그러고 나면 누구와도 눈을 마주치지 않고 욕설을 웅얼거리는 체머리 앓는 할머니가 된 기분이다.

후암동 종점 부근 역시 통행 차량이 많지만, 좁은 찻길 한가운데는 섬처럼 화단이, 둘레에는 용산중학교 담벼락과 우리은행 지점이었던 건물과 나지막한 가게들이 오래 자리 잡은 가로수들과 어우러져 제법 종점 정취가 있다. 무엇보다도 인도 곳곳에 조금 폭이 넉넉한 데를 찾아 전을 펼쳐놓은 노점상들이 그렇다. 은행나무 아래 풀어놓은 좁쌀이니 찹쌀이니 몇 가지 곡물 꾸러미를 지키는 둥 마는 둥 바둑을 두시는 아저씨며.

우리은행은 근처에 작은 무인 영업점을 만들어주고 이사 가버렸다. 내가 처음에 봤을 때는 한일은행이었는데, 한일은행 시절까지 합하면 아주 오래 그 자리에 있었을 테다. 어쩐지 섭섭하고 쓸쓸하다.

그곳 주차장 울타리 한구석에 고양이 밥을 놓고 있다. 은행원도 경비원도 눈감아줘서 마음이 편했는데, 새로 올 사람들도 그랬으면 좋겠다. 아무튼 지금은 관리인이 없어서 아무 눈치 안 봐도 되는데, 건너편 용산중학교 담벼락 아래 터주 격인 여인이 화분을 잔뜩 늘어놓아 운신이 좀 불편하다. 스티로폼 박스니 화분이니 물통들 사이를 비집고 들어가 몸을 꼬부려야 한다. 원래는 길 건너에 있던 화분들인데, 이쪽이 더 넓고 통행인이 많아서 옮겼나보다.

나도 천리향 두 분을 샀다. 어느 한밤, 고양이 밥을 놓고 있는데 그녀가 흰 꽃이 어여쁜 화분 하나를 들어 보이며 중얼거렸다.

"얘가 주인을 못 만나 외롭다네요."

"아, 네, 예쁘네요."

나는 화분에 생각이 없어서 건성으로 대꾸하다가 너무 무성의한 거 같아서 꽃 이름을 물어봤다.

"천리향인데, 얼마나 향기로운지 몰라!"

천리향? 그러잖아도 아연 생기 띤 그녀 목소리가 부담스럽던 차에 그 얼마 전 꽃집에서 천리향 가격을 묻고 사지 않은 친구 생각이 나서 마침 잘됐다 싶었다. 그래서 하나 샀고, 그걸 전해줄 때 옆에 있던 친구가 자기도 천리향을 갖고 싶다고 해서 뒤에 하나 더 산 것이다. 나한테는 특별히 싸게 준다했고, 실제로 가격도 아주 착했다.

며칠 전에는 그녀 때문에 울고 싶었다. 내가 쪼그려 앉으려는 순간 화분 사이에 앉아 있던 그녀가 엉거주춤한 자세로 삶은 달걀 껍데기를 까면서 다가왔다. 불길한 예감에 미리 팔을 젓는데 "아까부터 언니 주려고 기다렸어"라는 것이

다. 내가 "아, 아!" 하는 사이에 그녀는 "자, 이렇게 깨끗이 헹
궈서"라면서 스티로폼 박스에 고인 누리끼리한 물에, 그것이
깊은 산속 옹달샘이라도 되는 양 껍질 깐 삶은 달걀을 넣어
휘저었다.

나는 비명을 질렀다.

"아, 그 더러운 물에! 안 먹어요! 안 먹어요!"

"그럼 깨끗한 물로 한번 더 씻으면 되지. 이거 식당에서
받아온 깨끗한 물이야."

그녀는 잠시 당황하더니 페트병을 기울여 달걀을 씻었고,
쪼그려 앉는 바람에 도망도 못 가고 연신 안 먹는다며 비명
을 지르는 내 입에 쏙 밀어넣었다.

그걸 먹고도 무탈하니 내가 퍽 건강한가보다. 내게 삶은
달걀 하나를 먹이고 싶어한 그 마음도 내 몸에 피가 되고 살
이 됐을 것이다.

지금은 개점 폐업 상태인 구두 수선 부스를 본부로 해서
빈터마다 점령해서는 모종에서 묵나물까지, 살고 죽은 온갖
식물을 철 따라 파는 여인네. 이이는 인근에 점포를 가진 이
들의 원성을 사서 드물지 않게 경찰이 달려오곤 한다.

그녀의 얼굴은 갈색이 돌도록 붉게 익은, 햇빛에 살이 튼

사과 같다. 야생동물 같은 데가 있는 그녀는 오토바이도 잘 타지. 어제 보니 양파 자루를 산더미처럼 쌓아놓고, 그 옆에서 도라지를 까고 있더라.

강
너
머

저
쪽
의

사
정

당신이 사는 곳이 당신이 누구인지를 말해준다는 고급 아파트 광고문구. 아직도 전세대금을 묵혀두고 사느냐, 똑똑한 사람이라면 전세대금을 담보로 대출을 받는다는 금융회사 광고문구. 앞은 누추한 곳에 거주하는 사람들의 현재를 조롱하고, 뒤는 현재가 아슬아슬한 사람들의 미래를 위협한다. 그 광고들이 새삼 떠오르는 건 강남에 사는 한 친구 때문이다.

지난달 친구는 집주인으로부터 8월까지 집을 비워달라는 통보를 받았다. 집을 새로 지을 참이란다.

"우리가 몇 년 계약했죠?"

"2년이죠."

"아닐걸요? 월세니까 1년일 거예요."

1년 지났으니까 복덕방 비용도 이사 비용도 물어주지 않겠다고 했단다.

계단 아래 현관이 있는 어두컴컴한 집이지만, 청년이 된 아들한테 방 하나를 내줄 수 있고, 살던 중 가장 넓은 데라고 친구는 아주 기꺼워했었다. 천장이 너무 낮아 장롱 다리를 잘라내고, 그래도 들여놓을 수 없어 키 작은 장롱을 장만해야 했다. 이사 기념으로 새로 산 투도어 냉장고도 문짝을 뗀 뒤 들여야 했다.

갓 이사한 무렵의 뒤숭숭하고 피곤했던 정황이 눈에 선하다. 보일러실과 물탱크 모터 소리가 집 안에 늘 웅웅거렸지만, 코앞 공원이며 이웃 저택들의 정원들을 즐기면서 친구는 자기 행운에 감사해했다.

버젓한 전셋집을 얻을 때까지 오래오래 살리라 마음먹고 안방 한구석에 커튼 달린 행거를 설치하는 것으로 그제야 말끔히 정돈된 모양을 갖춘 게 바로 그 지난달이었다.

"언제까지라도 편히 사세요."

계약할 때 집주인은 살갑게 말해줬단다. 집 비우라는 통보를 받았을 때만 해도 내 친구는 집주인한테 몹시 섭섭했을 뿐 꿋꿋했다. 대한주택공사의 '기존주택전세임대' 대상자로 선정돼 있었기 때문이다. 초등학생 아들과 돌도 지나지 않은 딸을 짊어진 채 강남에 던져져, 300만 원 보증금에 월 30만 원을 내는 지하방에서 첫 서울 생활을 할 때에 비하면 얼마나 훌륭한 처지인가!

주택공사의 7천만 원을 더해 1억 남짓 되니까 얼마든지 전셋집을 구할 수 있으리라, 그렇게 생각했다. 그러나 집을 구하러 다닌 하루 만에 내 친구는 기운이 쏙 빠졌다.

강남은 부동산 소개소와 집주인들의 담합으로, 예컨대 모든 투룸 전세가 1억5천만 원쯤이고, 그나마 98%가 월세로, 전세 구하기는 하늘의 별 따기였다. 월세도 천만 원당 10만 원으로 환산되며 관리비까지 꼬박꼬박 붙어 있다.

다리가 붓고 입술이 부르트도록 헤맨 끝에 기적처럼 한 집을 찾았다. 꽤 너른 집에 주인은 너그러운 성품이었다. '기존주택전세임대'는 선정자가 구한 전셋집을 주택공사가 계약해서 재임대해주는 시스템이다. 그래서 임대인이 주택공사에 임대건물에 대한 서류를 갖추고 서명을 해줘야 한다. 그는 그 귀찮을 수도 있는 일을 선뜻 해줬다. 매사에 감사 잘하는 내 친구는 정말 감격하고 한시름 놨다.

그러나! 아, 그러나, 주택공사는 그 집이 저당금이 너무 많은 집이라며 계약불가 통고를 보내온 것이다. 그 집주인은 너그러울 뿐 아니라 정의감도 있는 사람이었다. 대체 35억을 호가하는 자기 집이 5억 남짓 저당잡혔을 뿐인데 왜 계약불가인지 이유를 알아야겠다며 주택공사를 추궁했다.

주택공사가 한 층 계약할 거면서 건물 전체 저당금을 적용한 게 이유였다. 저당금을 복합계산하면 간단히 풀 문제를 융통성 없게 처리한다고, 그래서야 가난한 사람들이 그 혜택을 어떻게 보겠냐고 그는 분개했지만, 달리 도울 길이 없다고 애석해하며 안녕을 고했다.

결국 어렵사리 집을 구하기는 했다. 주택공사는 잊어버리기로 하고 직접 계약한 것이다.

"상당량의 계단을 내려가는 지층이에요. 내 능력으론 평지 위에 올라갈 여건이 안 되네요. 버둥거리다 다시 내려가네요."

그것도 치열한 경쟁 끝에 잡은 거란다.

형편도 안 되면서 왜 아득바득 강남에서 집을 구하느냐고? 그녀는 동주민센터의 희망근로자인데 강남구에 거주하지 않으면 일자리를 잃기 때문이다.

자
정

지
나

남
산
에
서

대개 자정이 지난 시간에 동네를 한 바퀴 돈다. 한 손에는 플라스틱이나 스티로폼으로 만들어진 빈 그릇들과 물통이 들어 있는 부직포 가방, 다른 한 손에는 고양이 사료와 간식들이 들어 있는 커다란 비닐봉지를 들고. 집을 나설 때는 짐이 무거워 비탈을 오를 때 힘겹지만, 점점 가벼워진다.

고양이 밥 배달을 마치고 집 근처 잡화점에 들르고는 한다. 형제가 운영하는 그 가게는 20년 가까이 온종일 열었는데, 지난해에 동생이 중병을 앓고 난 뒤부터 새벽 한시에 문을 닫는다. 그 가게 문이 닫혀 있으면 우리 집 건너에 있는 편의점에 간다. 인적 없는 밤길에 편의점 불빛은 얼마나 반갑고 고마운지.

편의점 점원이나 오토바이를 몰고 지나가는 야식 배달원이나, 폐지를 거둬들이며 덜컹덜컹 카트를 끌고 지나가는 이들은 밤을 걷는 내 마음에 애틋하고 따뜻한 동료애를 불러 일으킨다. 나도 엄살떨지 말고 살아야지. 힘내자!

어젯밤 일이다. 막 문을 닫으려는 잡화점에 들어가 우유와 달걀과 사과 등을 샀다.

집을 나설 때만큼이나 무거워진 가방을 들고 서른 걸음쯤 걸었을까, 쓰레기봉투를 든 여인이 골목에서 나왔다. 일별하고 지나쳐가는데 그 여인의 으르렁거리는 듯한 혼잣말이 뒷덜미를 잡아챘다.

"에이, 기분 나빠!"

나는 깜짝 놀라서 발을 멈추고 돌아봤다.

"네? 저요?"

그녀는 쓰레기봉투를 길옆에 내려놓고 나를 노려봤다.

"그래!"

어리둥절해하는 내 얼굴에 대고 그녀는 퍼부어댔다.

"좀 깔끔하게 하고 다니지 않고 왜 그렇게 지저분하게 하고 다녀! 미친 여자처럼 휘적휘적! 기분 나쁘게!"

머리를 바짝 당겨 올려 묶고 흰옷을 입은 통통한 몸집의 그녀는 어림잡아 중년은 지난 듯했다. 몸을 뒤로 젖힌 채 뻣

뻣이 선 그녀를 멀거니 보다가 다시 걸음을 옮겼다.

알지 못하는 사람인데, 왜 지나가는 사람인 나한테 그런 말을 할까? 정상적인 행동은 아니었다. 하지만, 그이의 정신 건강이 어떻든 그 반응은 솔직한 것이었다.

나는 이틀째 세수도 못한 상태였다. 그 몇 시간 전, 샤워라도 하려고 헬스장에 갔지만 끝나는 시간이 다 돼가서 그냥 돌아온 터였다. 집에 돌아오자마자 나는 화장실에 가서 거울을 봤다. 부스스한 머리에 창백한 얼굴빛. 그래도 트레이닝 윗도리가 빨간색이어서 많이 추레해 보이지는 않는구만⋯⋯.

어쩌면 나는 그녀를 기억하지 못하지만, 그녀는 나를 봐왔을지도 모른다. 시간에 쫓기며 고양이 낮밥을 돌릴 때의 평소 내 꼴이 떠올랐다. 늘어진 티셔츠에 산발을 하고, 거지 보따리 같은 가방들을 들고 휘적거리며 동네를 다니는 내 모습이 그녀는 짜증스러웠을지도. 그 무서운 여인이 우리 골목에 살지 않아서 다행이다.

그래도 생각하면 고마운 일이다. 그녀는 내게 충고를 해주고 싶었던 것이다. 보는 사람이 심란하지 않을 만큼은 행색을 단정히 하고 다니라고. 마음에 담아두어야겠다.

동네 경제에 보탬이 되고 싶은 애향심의 발로에서랄까, 가끔 친구들과의 모임을 우리 동네 술집에서 갖는다. 어느 한 날, 밤이 깊어 고양이 밥 돌리고 오려고 자리를 뜨는데, 한 어린 친구가 따라나섰다. 그때 그 친구의 남편이 잠시 우리 뒤를 따라다녔나보다. 나중에 그가 제 아내에게 낄낄 웃으며 했다는 말이 생각난다.

"노숙인 둘이 다니는 것 같더라. 고참 노숙인이 신참 노숙인 데리고 다니면서 '여기가 터가 좋고, 여기는 안 좋고' 그러는 것 같더라."

그래, 맞아! 나도 깔깔 웃었다. 쩝. 그게 웃을 일이야?

언젠가 비탈을 내려오는데 키가 껑충하고 바지랑대같이 마른 여인이 시비조로 물었다.

"그거 주운 거예요?"

'그거'란 내가 들고 있는 고양이 밥 가방이었다. 그 여인은 폐지가 실린 카트를 끌고 있었다. 나는 가방을 꼭 쥐고 고개를 마구 저었다.

"아뇨, 제 거예요!"

나를 영역을 침범한 라이벌인가 의심했던 그녀의 얼굴이

순해졌다. 노숙인들이나 폐품 걷어서 사는 이들이 어떻다는 게 아니라, 내 행색, 즉 정신 상태가 삶을 방기했거나 기진맥진하도록 고생하면서 사는 사람으로 보인다는 것이다.

정신 상태라는 말을 하다보니, 우리 동네에는 머리에 병이 든 이가 다른 동네보다 많은 것 같다는 데 생각이 미친다.

나는 사람들에게 무관심한 편이었는데, 길고양이들에게 밥을 주면서 이런저런 동네사람들이 보이기 시작했다. 특히 밤에 보이는 사람들이. 그중에는 머리에 병이 든 이가 셋이나 됐다. 다 여자들이었는데, 골목에 우두커니 섰거나 계단에 외로이 앉아 있다가, 나를 만나면 느닷없이 살림 걱정, 혹은 남편에 대한 원망을 중얼거렸다.

내가 성가신 기색을 보여서인지 그이들은 좀 떨어진 채 내 뒤를 따라다니다가 어느샌가 안 보였다. 그이들은 몸은 건강해 보이고 차림도 어느 정도 반듯해서 잘 보살펴지고 있는 듯했다. 그이들의 가족, 특히 남편의 애환이 어렴풋이나마 느껴져 가슴이 아릿했다.

걷는 게 고역일 때/ 길이란/ 해치워야 할/ '거리'일 뿐이다/ 사는 게 노역일 때 삶이/ 해치워야 할/ '시간'일 뿐이듯// 하필이면 비

탈 동네/ 폐지를 모으는 할머니들/ 오늘 밤도 묵묵히/ 납작한 바
퀴 위에/ 둥드러시 높다랗게 비탈을 싣고 나른다/ 비에 젖으면 몇
곱 더 무거워지는 그 비탈/ 가파른 비탈 아래/ 납작한 할머니들

— 졸시, 「세상의 모든 비탈」

　서울 도심에 있으면서 집세가 비교적 싼 허름한 동네여서
인지 우리 동네에는 주로 홀로 노인인 폐지 모으는 이들, 그
리고 몽골이나 연변이나 동남아시아에서 온 이주노동자들
이 많이 산다. 그리고 길고양이도 많이 산다.

　근본적으로 사람은 선하다는, 꽤 낙천적인 인생관을 나
는 갖고 있었다. 그런데 길고양이들에게 밥을 주면서 달라졌
다. 우리나라 사람이 얼마나 생명을 경시하고 냉혹하고 모진
지 숱하게 겪었기 때문이다. 그 마음의 악독이 가난한 사람,
힘없는 사람들에게 똑같이 향하는 모습이 종종 눈에 보였
다. 예컨대 한 복지시설의 원장 같은 이가.

　복지시설의 위쪽 담벼락은 비탈길 거의 꼭대기에 둘러쳐
져 있다. 우리 집 가까이 사시는 할머니가 그 모퉁이에 버려
진 커다란 매트리스에 달라붙어 씨름을 하고 계셨다. 그 안
에 든 철제 스프링을 꺼내려고 매트리스를 해체하시는 참인

가보았다. 도울 엄두도 안 나서 나는 무거운 마음으로 외면하고 지나쳤다.

며칠 뒤 빈 택배 박스를 들고 할머니 댁 대문 앞에 가니 거대한 스프링 뼈대가 담에 기대져 있었다.

"아, 저 무거운 걸 왜 갖고 오셨어요! 그러다 병나세요. 병나면 돈이 훨씬 들어요. 고생은 고생대로 하시고요!"

안타까워서 내가 소리를 높이자 할머니는 멋쩍게 웃으며 말씀하셨다.

"그래도 돈이 6천 원인데……"

아, 6천 원! 그 고생과 바꾸시겠다면 6만 원을 드려도 모자랄 것이었다. 할머니는 문득 생각나신다는 듯 설움에 찬 목소리로 하소연하셨다.

"그 원장, 아주 몹쓸 여자야! 내가 저걸 끌고 거기 마당을 지나오는데, 함부로 지나다니지 말라고 난리를 떨데. 솔직히 그게 자기 땅이야?"

힘을 좀 덜려고 그 복지시설 마당 옆에 난 계단으로 매트리스 스프링 더미를 굴리셨을 테다.

듣는 내가 분하고 어이가 없었다. 세상에, 저 노인이, 바싹 마르고 키 작은 할머니가 공룡 같은 걸 낑낑거리고 옮기는데, 그런 말이 나올까! 그것도 불우한 사람을 위한 시설을 운영한다는 사람 입에서.

몇 년 새 내 마음이 너무 피폐해진 것에 문득 섬뜩할 때가 있다. 생각해보면, 내게 혐인증을 일으키게 한 사람들은 거의 길고양이 밥 주는 와중에 만났다.

그들은 인간 일반이 아니라 그 일부분이다. 그리고 내게는 그 인간의 부정적 모습과 만날 기회만 있었을 뿐인 것이다. 또 생각해보면 따뜻한 모습을 보여주는, 순박하고 다정한 이웃이 훨씬 많지 않은가.

자정 지나 남산./ 숲의 냄새, 냄새의 숲에/ 깊이 빠졌다./ 달리는 택시,/ 향기의 고무줄총에/ 쟁여진다./ 곧 튕겨져/ 뒤로 날아갈 듯.// 날아갈 듯 나의 영혼아./ 그렇게 빨리 지나가지 마./ 자정 지나 남산./ 천천히 걷고 싶다./ 차도까지 몰려나와/ 쏘다니는 숲의 정령들.

—졸시, 「자정 지나 남산」

오래전, 이 동네에서 세 정류장 떨어진 동네에 살 때 쓴 시다.

저 아름다운 남산이 가까이 있는 건 우리 소박한 사람들이 옹기종기 모여 사는 동네에 큰 축복이다. 이이들과 더불어 숲의 정령을 되찾고 싶다.

어두운 카페들의 거리

내 단골 카페 중 하나인 〈아나키 브로스〉는 집 앞에서 마을버스를 타고 세번째 정류장에서 내린 뒤 도보로 일 분 거리에 있다.

어느 한밤, 함께 그 길을 지나던 친구가 멈춰 서서 휴대전화로 사진을 찍기에 뭔가 싶어서 보니 '임대, 매매'라고 적힌 팻말이 담장에 붙어 있는 집이었다. 그 길을 숱하게 지나다녔건만 그런 집이 있는 줄도 몰랐다. 꽤 덩치 큰 적산가옥이었는데 시커먼 게 음산한 기운이 돌았다.

"저 집에서는 무서워서 못 살겠다."

내 말에 친구는 빙긋 웃었는데 나와 달리 그는 그 집의 매력을 알아본 모양이었다. 그가 사진에 담은 것은 연락처가 남은 팻말이었다.

"통화해봤는데 임대료가 엄청나게 비싸더라. 왜 그렇게

비싸냐고 했더니, 주거용이 아니라 영업용으로 내놓은 거라네."

낡은 주택가의 골목에서 그 비싼 임대료를 내고 무슨 장사를 할 수 있을까, 임자 만나기 어려울 것이다. 우리는 회의적인 결론을 내렸는데, 한 달쯤 지난 어느 날 그 집에 공사가 시작됐다.

일단 담장을 뜯어내니 칙칙함이 가시기는 했다. 하루하루 공사가 진행됐다. 담장 대신 키 작은 오죽 울타리를 두르고, 정면에 커다란 유리문을 달고 유리벽을 내니 적산가옥의 고풍에 아치가 더해졌다. 하지만 여기서 무슨 장사를 한다는 걸까. 임대료가 매우 비싸다는데. 지나다닐 때마다 나는 궁금하고 걱정이 됐다.

드디어 가게를 열었는지 안에서 불빛이 새어나왔다. 처음에 나는 가게 이름도 몰랐다. 간판이 있었겠지만 그건 볼 생각도 없었고 그저 무얼 파는 집인지가 궁금했다.

커피와 맥주. 이 동네에서 커피와 맥주를 마시러 여길 들어올 사람이 몇이나 될까. 이 넓은 집을 어떻게 채운담. 남의 일이지만 심란했다. 오죽 울타리 귀퉁이에 세워놓은 메뉴판을 열심히 들여다봤는데 몇 안 되는 메뉴 밑에 길게 쓰인 글이 재밌었다. '아직 음식을 준비 못했으니 갖고 와서 드셔도 됩니다', '개 데리고 들어와도 됩니다. 개 같은 사람 사절' 등등.

주인이 어떤 사람일까. 어쩐지 만년 소년인 중년이나 장년 남성일 것 같았다.

한 번 가야지. 며칠을 벼르다 그 근처에 있는, 내 오랜 단골 카페 〈엔비〉에서 시인 문정희 선생님과 저녁을 먹은 날, 선생님을 모시고 2차로 그 집에 갔다.

넓기도 넓은 실내에 손님은 우리뿐이었다. 한쪽 벽에 걸린 영사막에서 조안 바에즈가 노래하고 있었다. 가게 주인은 뜻밖에도 젊으나 젊은 두 청년이었다. 짧은 머리칼의 명민해 보이는 청년과 어깨에 찰랑거리는 고수머리의 상냥한 예술가 풍 청년. 나이도 어린데 음악은 지난 세기의 60년대 음악이라니. 분위기도 그렇고, 모든 게 기대 이상이었다. 그 집 이름이 〈아나키 브로스Anarchy Bros〉인 것도 비로소 알게 됐다. 브로스는 브라더스라는 뜻일까, 브로맨스라는 뜻일까.

그뒤 응원하는 마음으로 친구들과 여러 차례 그곳에서 술자리를 가졌는데 안주로 나온 핫윙이 괜찮았다. 갓 구운

스콘도 맛있고, 직접 청을 담가 만든 자몽차도 맛있다. 바닥에 자갈이 깔린 자그마한 안뜰도 애연가 친구들에게 만족도를 더했다. 처음의 내 걱정을 괜한 것으로 만들며 그곳엔 이내 손님들이 생겼다. 먼 데 사는 이들도 즐겨 찾는 것 같다. 내 걱정은 인접해 있는 작은 커피 전문점으로 옮겨졌다. 통 장사가 안 되다가 그럭저럭 손님이 든 지 몇 달이 채 안 됐는데 강력한 경쟁자가 생긴 것이다. 에고……

누가 카페를 차린다고 하면 말만 들어도 뒤숭숭하다. 카페가 너무 많이 생긴다. 다들 청운의 꿈을 안고 시작하는 것일 텐데 그중 몇이나 그 꿈을 이룰지.

카페를 한다는 건 1년 365일 하루도 빼놓지 않고 집들이를 하는 것과 다름없다고 한다. 사람을 환대하는 마음이 크지 않으면 안 될 것이다.

카페를 운영하는 내 친구 하나는 손님이 오면 자기 시간과 노동을 착취하려는 사람인 듯 피로를 느끼고 적대감을 드러낸다. 그러니 장사가 될 수가 있나. 그것도 개성이라고 피학 성향의 사람이면 다시 찾아오려나. 절대 카페 같은 걸 하면 안 될 그런 사람까지 달리 길이 없어 그러고 있으니. 사는 게 뭔지……

가을 하늘 공활하고

올해는 윤달이 끼어서 음력 8월 15일, 즉 추석도 그만큼 물러난 양력 날짜에 맞았다. 연휴가 시작된 주말이 9월의 마지막날이었는데 끝나니 훌쩍 10월도 중순에 접어든다.

직장인들은 열흘간의 휴일이 주어져서 참으로 쉼직스러 웠겠다만, 직장에 다니지 않는 나는 뭐 특별히 좋을 일도 없 고 얼레벌레 달이 바뀐 채 날이 가버린 게 왠지 억울하고 허 전할 따름이다.

이제 한 해가 또 저물어가는가라는 건 다소 이른 소회겠 지. 하지만 마감이 발등에 떨어진 짧은 글들을 건드리지도 못한 채 연휴를 지내고 나니, 올해 마치기로 결심했던 몇 권 의 책 원고며, 이런저런 약속이며 지키고 싶은 도리며, 어떻 게 해도 시간과 능력이 모자란다는 초조함에 지레 기가 더 꺾인다.

정현종 선생님 시구대로 '기죽은 영혼'이로세. 그런데 정현종 선생님도 '기죽은 영혼'인 적이 있었을까.

지난 금요일 늦은 밤에는 이제하 선생님께 친구들과 뒤늦은 추석 인사를 갔다가 포커를 했다. 다음날인 토요일 낮에 동생 가족과 함께 역시 뒤늦은 성묘를 가기로 했기 때문에 아쉽게도 마음껏 놀지 못했지.

아, 포커는 너무 재밌어! 그 시간만큼은 만사, 언제부터인가 힘들기만 힘든 만사를 잊는다. 내가 좀 비관적 인간이라면 얼마든지 돈을 딸 것 같은데, 포커 시간에 나는 유난히 낙관적 인간이 된다. 형편없는 패를 들고도 실낱같은 희망을 품고 카드를 덮지 못하는 것이다.

어쩐지 꼭 올 것만 같은 것! 그것이 기어이 오는 확률이 나한테는 꽤 높은 편이다. 그때의 쾌감이란 이루 말할 수 없다. 특히 같은 무늬의 일련번호 다섯 개가 아귀 맞춰질 때의 황홀함이여! 살벌한 진짜 도박판에서는 한 번 구경하기도 힘들다는 스트레이트플러시를 몇 번이나 했는지. 하지만 결과는 대개 신통치 않은 편이다. 두둑이 앞에 쌓여 있던 돈이 어느덧 눈 녹듯 사라지고 만다.

나도 최후에 웃는 자가 되고 싶다. 그러려면 미신을 버리고 이성적으로 생각해야 한다. 매번 행운을 믿고 끝까지 카드를 받으니, 행운에만 기대지 않는 사람보다 원하는 카드를 받을 확률이 높을 수밖에. 숱한 실패를 거듭하는 와중에 말이다. 스트레이트플러시는 끔찍하게 아름답지만, 아름다움을 추구하려고 포커를 하는 게 아니지 않은가.

파스칼 키냐르의 소설 『부테스』 앞장에서 저자 소개를 읽다가 순간적으로 끔찍하게 가슴이 아팠지. '끔찍할 정도로 아름다운 문장'이란 구절이 불러일으킨 질투와 회한으로였다. 나도(혹은 내가) 그런 문장을 써야 했는데, 나는 너무도 멀리 있구나. 곧이어 나는 심술궂게 중얼거렸다. 끔찍하게 아름다워서 뭐할 건데. 그러고 나니 통증이 눅었다. 못난자의 방어기제인 냉소여라. 그런 냉소가 세상을 시시하게 만든다.

가진 돈을 몽땅 털리는 황폐한 맛도 있다지만 나는 그 맛을 모르니 진정한 도박꾼이 못 된다. 그저 즐겁게 놀다가 아주 조금 잃거나 조금 많이 따는 게 소망인 소박한 포커 애호가다.

명절이라고 모였으니 포커를 하기 십상이라서 나는 만전

을 기하려 했다. 우선 눈에 띈 모든 카드를 외우자. 네 개의 무늬에 열세 개의 숫자, 어렵지 않잖아. 그런데 피곤하면 쉽지 않은 일이다. 건강한 신체에 멀쩡한 정신이 깃드는 법. 피곤을 줄이고 몸을 만들자고 다짐했지만 피곤한 상태로 선생님 댁에 가게 됐다.

결과는 뭐, 즐겁게 놀았다. 그 선배는 아무래도 못 당하겠단 말이야. 그 옛날의 명저 『포커: 알면 이길 수 있다』를 나는 1권만 봤는데, 선배는 2권도 봤다고 한다. 2권을 구해 읽어봐야겠다. 내년 설날의 설욕전에 대비해야지. 이 한심한 인간아, 시를 좀 그렇게 열심히 써라!

놀기 좋은 날씨는 일하기에도 좋아서 직장인들은 대개 무더운 여름에나 휴가를 받았는데, 이번에는 모처럼 놀기 좋은 날씨에 휴가를 보냈겠다.

문득 나보다 열두 살 어린 친구 생각이 난다. 썩 매력 있는 비혼 여성인데 아직 운명의 짝을 만나지 못했다. 또 한 해가 저무는 걸 초조해 말렴. 너는 시절의 절세가인. 하이high로도 로low로도 유리한 나이란다. 가령, 이십대 아가씨가 저보다 열 살 어린 상대를 만날 수 있겠니.

내게도 노년이,

노년이 있을 거라네

해방촌은 남산 기슭, 후암동과 이태원동 사이에 있는 비탈 동네다. 시장이든 병원이든 도서관이든 버스정류장이든 다녀오려면 오르막길을 지나야 한다.

자전거, 인라인스케이트, 유모차 등 사람 힘으로 움직이는 바퀴 달린 것들을 이용하기 녹록지 않다. 우마차가 있는 시절이었으면 소도 말도 꽤나 헐떡였을 것이다. 이런 지형의 동네인데 폐품 수집을 생업으로 가진 사람이 유난히 많다. 게다가 그들은 대개 노인이다. 마주칠 때면 마음이 무거웠지만 그뿐, 잊고 지냈었다. 일 분 거리 옆 골목에 사시는 할머니를 자주 뵙기 전까지는.

지난해 가을, 그분이 안 보인 지 꽤 오래라는 생각이 문득 들었다. 그래서 좀 망설이다 그 댁을 찾아갔더니 문이 잠겨 있었다. 근처에 모여 앉았던 아주머니들이 할머니가 병환이 깊어 입원했다고 알려줬다. 젊었을 때 공무원이었다는 얘기도 그때 들었다. 깔끔하고 고운 모습이 인상적이었는데, 그랬구나 싶었다.

다행히도 할머니는 퇴원을 해 다시 골목에 나오셨다. 그리고 이 또한 다행인지 모르겠지만, 며칠 지나지 않아 카트를 끌고 비탈을 오르내리는 할머니의 자그마한 모습을 볼 수 있었다. 넉넉한 형편은 아니지만 반듯하게 사는 듯한 자제분들이 있는데 혼자 지내시는 걸로 미루어 누구에게라도 폐 끼치기 싫어하는 성품이신가보다. 자식들이 일 그만하시라 말리지만 '살살 할 거'라셨는데, 일 욕심이 많으셔서 산더미만큼 쌓은 폐품을 싣고 하루에도 몇 번씩 비탈길을 지나다니신다.

할머니의 일 욕심은 탐욕이 아니라 일하는 재미에서 비롯된 근면함으로 보였다. 자존심 강하고 무슨 일이든 열심히 하시니 할머니는 분명 좋은 공무원이었을 것이다.

신문지나 택배 상자나 빈병 같은 것을 모아 할머니 댁 대문 앞에 가져다놓는 동네 사람이 여럿이다. 사실 쓰레기 수거하는 곳보다 할머니 댁이 가까울 수도 있으니 따로 품 들이지 않아도 할머니의 힘을 덜어주는, 이래저래 흐뭇한 생활 습관이다. 온 동네 사람들에게 권장하고 싶지만, 그러면 다른 폐품 수집자들에게 불공정한 일일 테지.

폐지를 갖다놓다 할머니를 만나면 꼭 "내가 염치가 없어서"라고 하시며 뭔가 먹을 걸 주신다. 극구 사양해도 주신다. 한라봉과 참외와 복숭아, 포도, 털게 등등 이루 다 기억할 수 없다. 딸이 사 왔다, 친척이 보내왔다, 하시며 값나가는 먹을거리도 아끼지 않으신다.

"됐다 할머니 자시지 않고요."

"나 혼자 언제 다 먹어? 나눠 먹어야 더 맛나지."

한 이웃 아주머니와 얘기 나누시는 걸 본 적이 있다. 인심 후하시고 염치를 중히 여기시는 할머니는 분명 같은 일을 하는 다른 사람들보다는 형편이 좀 나으실 것이다. 그래도 일을 하지 않으면 살기가 팍팍하실 테지.

자정 가까운 시간에 고양이들 밥 주러 나가면 거의 할머니를 만난다. 한번은 그냥 지나치기 뭣해서 다 꾸리셨으면 나르는 걸 도와드리겠다고 했더니 손사래를 치시며 그냥 가라던 할머니가 "그럼 잠깐 여기 좀 지켜줄 테야? 내가 얼른 갖다놓고 올게" 하셨다. 골라서 묶어놓은 폐품이 한 짐 싣고도 몇 무더기나 남아 있는데 자리를 비운 새에 다른 사람이 가져갈까 걱정이 되신 듯했다.

"제가 다녀오는 게 빠르지요" 하고 카트를 맡았다. 눈앞이 안 보이게 높이 짐 실린 카트가 가파른 내리막길을 마구 굴렀다. 손잡이를 놓치지 않고 차를 피해 가느라 진땀 뺐다. 폐지를 내리고 빈 카트로 올라가는 길도 힘겨웠다. 나는 덩치도 있고 힘도 센데 그랬다. 젊은 사람이라 시원시원하게 다녀온다고 칭찬받았지만 사실 저도, 크흑, 나이 많습니다.

비탈과 계단을 그토록 좋아했건만 언제부턴가 되도록 오르막을 피해 다닌다. 짧은 거리를 올라가는 정류장보다 멀더라도 내리막과 평지를 걷는 정류장 쪽으로 발길이 간다. 조만간 굽 높은 구두는 엄두를 내지 못하게 생겼다.

다리에 힘이 없어져서인가, 어찌나 자주 넘어지는지 무릎에 딱지가 가실 새 없다. 예전에도 잘 넘어지는 편이었지만 발목을 겹질러도 툴툴 털고 일어나 파스 한 장 붙이면 그만이었다. 이젠 호락호락 낫지 않으리라 싶으니 다치는 게 겁난다.

노년이라는 것은 소외나 외로움보다도, 사고에도 범죄에도 방어 능력이 없는 취약한 삶이라는 게 슬그머니 실감난다. 내게도 노년이, 노년이 있을 거라네. 그렇겠지?

아, 비탈 동네에서 노년을 보낼 생각하니 사무치게 막막하다. 그래도 마을버스가 있어서 다행이로세. 비탈 동네의 마을버스는 효도버스라 할 수 있다.

해방촌에는 특히 독거노인이 많이 사는 것 같다. 작은 주차장 근처에 방 한 칸짜리 집이 있다. 지난여름 그 앞을 지나가는데 누가 "아줌마!" 하고 나를 불렀다. 열린 쪽문 너머 노란 장판이 깔린 방에서 가부좌를 틀고 앉은 남자였다. 예순은 넘어 보이니까 노인이라고 할 수 있겠다.

대낮부터 술에 취한 그 노인이 내게 묻기를 중국집 전화번호를 아느냐는 것이다. 모르지만 그리로 올라갔다 올 참이니 알아봐주겠다, 대답했다. 쪽문 앞에 소주병들이 조르르 늘어서 있었다. 너무 배가 고파 자장면 한 그릇을 먹고 싶어도 술 취한 노인이 기력이 달려서 저 높은 중국집을 향해 갈 수 없는 동네가 해방촌이다.

중국집에 들러 포장에 전화번호가 적힌 일회용 나무젓가

락을 받아 전해줬다. 불콰한 얼굴의 노인은 가부좌 튼 채 오 뚝이처럼 윗몸을 휘청 숙이며 고맙다고 했다.

"별말씀을" 하고 물러가는데 다급히 나를 불렀다. 휴대폰 좀 빌리자는 것이다. 휴대폰 없다고 하자 짓무른 눈을 당황한 듯 끔뻑거렸다. 나도 당황했다. 진짜 휴대폰 없는데, 긴가 민가하다 안 믿는 듯했다.

나를 쩨쩨한 여편네라 생각하고 마음 상하셨겠지. 지금 생각하니 그 길과 같은 고도로 얼마 떨어지지 않은 곳에 공 중전화가 있다. 그때 생각났으면 좋았을 것을.

12
월
의

즐
거
움

마침내 올해 마지막 달이다. 아, 12월! 토요일은 어김없이 약속이 잡혀 있고, 송년회니 뭐니 이런 일 저런 일, 당최 한가한 날이 없구나.

12월은 다만 며칠이라도 더 주어졌으면 좋겠다. 가령 한 해의 끝이 12월 40일이라면 다소 느긋하게 세밑을 보내고 침착한 활기로 새해를 맞을 수 있지 않을까.

한 해의 첫 달인 1월과 본디 짧은 2월은 그대로 두고, 나머지 달에서 하루씩 빼서 12월에 몰아주면 될 텐데. 그렇게 된다면 12월생이 아주 많아지겠지. 내가 12월생이어서 잘 아는데, 생일이 12월에 있으면 왠지 친구들이 잘 기억해서 선물을 많이 받는다. 아마 12월이 선물의 달이기 때문에도 그러하리라.

‘12월과 선물’ 하면, 내가 그리 앙심 깊은 인간이 아니건만 근 50년이 지나도록 잊히지 않는 일이 있다. 초등학교 4학년 때 생일이라고 아버지가 500원을 주셨는데 옆에 있던 언니가 낚아챘다. 자기가 선물을 사서 주겠다는 것이다. 못마땅했지만 이의를 제기하지 못했다. 장녀인 언니의 카리스마에 눌려서도 그랬고, 욕심 없고 순하다는 당시의 내 이미지 때문에도 그랬다.

그날 저녁 언니가 사 와서 안겨준 선물은 플라스틱 장난감 전화기였다. 내가 어린아이도 아니고! 아마 창백하게 굳었을 내 얼굴을 못 본 체하며 언니가 방을 나간 뒤, 어찌나 분하던지 나는 장난감을 벽에다 힘껏 팽개쳐버렸다.

지금 생각하면 언니한테 미안하고 웃음이 난다. 정해진 용돈은 적고 씀씀이 헤픈 여중생이 돈에 관심 없다고 생각되는 동생 것 좀 중간에서 챙겼기로서니. 더욱이 12월이면 돈 쓸 일이 좀 많은가.

12월이 선물의 달인 건 흔히 선물을 주고받는 크리스마스 영향이기도 할 테고, 한 해를 마무리하면서 고마운 사람, 미안한 사람, 외로운 사람, 삶이 고달픈 사람을 새삼 떠올리게 되어서이리라.

아파트 경비원과 택배원이나 우편집배원에게 작은 성의를 보이고, 이웃의 독거노인을 한번쯤 살펴 챙기는 달. 동네를 지나는 버스의 운전기사나 마침 타게 된 택시기사 양반에게 느닷없이 선물을 건네는 건 얼마나 즐거운 일일까. 흥청거리는 12월! 머지않아 '저놈의 눈, 지겨워 죽겠어!' 하고 투덜거리게 될지 모르지만, 아직은 겨울의 초입이어서 함박눈이 펑펑 쏟아지면 반갑기만 해서 깃털이불처럼 포근하게 느껴지리라.

12월의 즐거움 중 하나는 11월이 지나갔다는 것이다. 이렇게 말하면 내가 11월을 싫어하는 것 같지만 그렇지 않다. 11월, 그 황량함을 나는 힘겨워하지만 또한 얼마나 사랑하는지.

11월은 씁쓸쌉쌀하고 12월은 달콤하다. 시간이 꽉 찬 숫자로서도 흥성한 12월. 12월이면 시간에 쫓기는 것은 만남도 흥성해서다. 초대하거나 초대받는 일이 많은데, 그 장소가 카페나 식당일 때도 있지만 집에 손님을 들이기도 하고 남의 집에 가게 되기도 한다.

언젠가 한 친구를 김치찌개 하나 끓여 놓고 밥 먹으러 오라고 해서 그가 어이없어하며 실망을 숨기지 못한 적이 있다. 사람 함부로 부르는 거 아니구나 하고 반성했다. 그는 집에 손님을 맞을 때 정성을 다하는 사람인 것이다. 꽃병에 싱싱한 꽃을 꽂고, 맛깔스레 음식을 장만한다. 그러면 결코 그런 무성의를 저지르지 않았을 테다.

친구야, 다음부터는 고루 익히려다가 번번이 스크램블에 그를 만들어버리는 '계란프라이'라도 곁들일게.

지난달에 한 친구가 자기 동네 주민센터에서 '손님 접대'라는 강좌를 수강 신청했다. 이사한 지 얼마 안 된데다 12월을 앞둔 터라 친구들을 초대할 날들을 대비했나보다. 오십대 초반 남성인 그가 '손님 접대'를 배우려는 것이 기특하다. 그의 초대가 기대된다. 나도 그 강좌를 들어야 될까보다.

어제 남산도서관에 갔다가 주차장에서 나무들을 한참 올려다봤다. 이맘때 나무들은 잎 진 뒤의 고스란한 몸매가 하늘빛 아래서 서늘하니 아름답다. 사람 손이 닿지 않게 높다란 우듬지도 자연의 정원사 손길로 깔끔하고.

그나저나 올겨울이 너무 춥지 않았으면 좋겠다. 온대지방의 특성이라는 한겨울의 삼한사온 날씨도 언제부턴가 잘 지켜지지 않는 것 같다. 심지어 몹시 추운 날이 계속돼도 사흘만 지나면 날이 풀리리라는 생각으로 견뎠는데, 그것이 사온이었던가. 다음날부터 더 추워지는 지긋지긋함이라니. 다들 따뜻한 겨울 보내시라.

겨울나기,

겨우 나기

커피머신에 생수를 붓고 커피를 내렸다. 아주 오래전 유럽에서 몇 개월 머물 때 이후로 처음이다. 그때는 석회질이 많다는 그 나라 수돗물에 대한 미신적 공포 때문에 국도 생수로 끓였었다. 얼마나 더 기온이 내려가려나. 너무 추우니까 화가 버럭 난다. 방에서도 이불 밖에서는 외투를 입고 있다. 발도 시려서 양말을 신었다. 이 집에 이사온 해에는 한겨울을 반팔로 났었는데, 가스비가 50만 원 가까이 나온 달도 있었다. 옥상에 지어진 집이어서 열 손실도 많았을 테다.

가스비도 부담스러웠지만, 낡은 보일러가 자주 고장나다가 더이상 고칠 수 없게 돼서 교체한 이후로 10만 원 남짓씩 절약됐다. 그 대가로 겨울에 반팔은 어림도 없게 됐다. 전만큼 따뜻하지 않은 게 전 보일러보다 용량이 적은 보일러지 싶다. 어쩐지 예상보다 싸더라니.

이번 맹추위가 시작된 첫날에는 싱크대 수도가 더운물만 나오고 찬물이 나오지 않았고, 화장실은 찬물 더운물 다 나왔다. 그날 샤워라도 할 것을 무슨 대하소설이라도 쓴다고 일에 쫓겨 세수도 하지 못했다.

다음날 약속된 모임에 가려고 칫솔을 물고 수도를 틀었는데 일절 기척이 없는 것이다. 놀라서 싱크대로 달려갔다. 거기 수도 역시 묵묵부답. 일단 삼다수로 양치질을 마쳤다. 거울을 뚫어져라 보고 또 보아도 도저히 그대로 외출할 수 없는 몰골이었다. 공중목욕탕에 들를 시간도 없었다.

할 수 없이 물티슈로 얼굴을 닦아내고 머리를 빗은 다음 눈만 내놓고 정수리부터 목까지 목도리로 둘둘 싸맸다. 그리고 발목까지 내려오는 롱패딩을 걸치고 집을 나섰다. 이불을 폭 뒤집어쓴 듯 든든했다. 가관이겠지만 이 안에 내가 있는 걸 누가 알아보랴. 눈알만 내놓고 빠짐없이 가린 채 얼음장 같은 공기를 뚫고 걸어가는 기분이 마치 잠수함을 타고 바닷속을 누비는 듯했다. 그 재미에 추위가 다소 용서됐다.

집에 돌아오면서 편의점에 들러 여섯 개에 3천 원인 생수 한 팩을 샀다. 비싼 삼다수로 양치질하기 아까웠기 때문이다. 그런데 방금 커피를 내리면서 보니 1.5리터 들이 생수다. 어쩐지 겁먹었던 것보다 가볍더라니. 내가 힘이 세진 줄만 알았다.

그나마 변기 물통은 수도관이 건물 안에 있는지 계속 채워져서 다행이었는데, 오늘은 급기야 그마저 얼어붙었다. 오늘 저녁에는 동네 고양이에게 먹일 물을 생수로 데워야 할 테다. 어제는 미안하지만, 변기 물통에서 길은 물을 끓여서 들고 나갔다. 금방 깡깡 얼었을 테지.

악독하게 추운 날씨다. 몇 보이지 않는 고양이들이 새파랗게 얼어 있었다. 깡통에 든 부식은 막 뚜껑을 땄을 때만 촉촉하고, 몇 걸음 걷지 않아 서걱서걱 얼었다. 얼굴을 싸맨 목도리에 서린 입김도 얼어서 서걱거렸다. 뭐 이렇게 추운 날씨가 다 있냐!

길에서 단골 택배기사와 마주쳤는데 얼굴이 얼어붙어 웃어지지 않았다. 그 역시 마찬가지인 듯. 그이는 하루에 두 차례 택배를 돈다. 저녁밥은 드셨는지. 다들 사느라 고생이다. 그래도 그이나 나나 일을 마치고 들어갈 집이 있지만, 길에서 삶을 나는 생명체들에게 겨울은 얼마나 잔인한 계절인가.

하필 이 혹독한 추위에 내 어린 조카가 입대했다. 훈련병으로 입소한 조카 걱정을 했더니 친구가 휴대폰으로 사진 한 장을 보여줬다. 입소 전날 조카가 제 엄마 아빠와 찍은 사진이다. 내가 놀라서 물었다.

"이 사진 어디서 났어?"

"응, 네 동생이 페이스북에 올린 거야"

내 동생이 자기 '페친'이라나.

순하고 해맑게 웃는 조카의 하얀 얼굴. 햇병아리처럼 여리여리하다. 아, 강원도 화천. 얼마나 더 추울까. 가슴이 아리다. 조카의 입소 동기 가족들 심정이 다 이렇겠지.

그곳의 높으신 양반들과 선임자들이 부디 이들을 막내 아우나 조카처럼 어여삐 여기기를! 이 또한 지나가리라. 이 끔찍한 추위를 겪고 난 뒤엔 어지간한 추위는 견딜 만해지리라.

군대생활 힘든 게 추위가 다가 아니겠지만, 오직 그 생각으로 마음을 다독거린다. 그애가 군대에 가기 전에 맛있는 걸 한번 먹이고 싶어 가족들을 모은 식사 자리에서 동생은 낄낄 웃으며 자꾸 "입대를 축하해!"라고 말했다. 그래서 조카가 약올라 했다.

동생은 그 말로 자기 자신이나 겁먹은 얼굴의 제 아들에게 평정심을 심어주고 싶었던 게다.

공터의
블루스

비탈을 거의 다 올라가는데 공터에서 팝송을 틀어놓고 수런거리는 소리가 들렸다. 어둠이 착실히 깔려서 방심했다.

내가 너무 일찍 왔나. 아닌 게 아니라 짚어보니 일곱시가 채 안 됐을 터였다. 가까이에 노숙인 지원센터 '다시서기'가 있어서 드물게 술을 마시는 사람이나 뭔가를 먹는 사람과 마주치고, 드물지 않게 그들의 흔적이 널려 있는 공터다.

"원웨이 티켓! 원웨이 티켓! 원웨이 티켓! 원웨이 티켓! 원웨이 티켓 투 더 블루스 우우우우~"

십대 아이들인가. 그러기를 바라며 낭패감을 누르고 용기를 내어 공터에 들어섰다.

10미터 남짓 떨어진 공터 끝 나무 아래 거무튀튀한 옷을 입은 늙수그레한 남자들 네댓이 둘러서서 좀은 건들거리며 흥을 내고 있었다. 하긴 팝송에 심취한 십대라니 옛날 고릿

적 얘기지. 요즘 애들은 케이팝이나 가요를 들을 텐데.

화단 앞 돌 위에서 작은 카세트라디오가 그 옛날의 팝송을 들려주고 있었다. 그들이 취해 있긴 하지만 선하고 순한 사람들이라는 판단이 들어서 나는 안심하고 쪼그려 앉아 제설함 뒤의 고양이 밥그릇을 채웠다. 어둠 속의 긴 머리 여인(나)을 의식한 듯한 사람이 목청을 높였다.

"내가 옛날에 영어를 썩 잘했는데 말이야. 학원에 다닐 때."

어떤 이가 노래를 따라 부르고 다들 "원웨이 티켓!"에 목소리를 보탰다. 나보다 좀은 나이가 적은 듯한, 비슷한 시절을 지나온 사람들. 그들이나 나나 이런 미래가 기다리는 길에 들어선 게 어느 시점이었을까.

비탈을 내려오면서 그들 모습을 떠올리니 왠지 '오즈의 마법사' 생각이 났다. 겁쟁이 사자, 허수아비, 녹슨 양철 인간……. 나는 도로시가 아니라 그 셋을 합한 것 같은 인간이지. 도로시는 어디 있는가.

내가 본 노숙인은 대개 성정이 양순하다. 거친 사람을 딱 한 번 보았다. 지난해 늦봄 그 공터의 제설함이 치워진 벽

쪽에 쪼그려 앉아 물그릇에 남은 물을 화단 방향으로 끼얹었는데 "뭐야!?" 벽력같은 고함이 들렸다. 깜짝 놀라 돌아보니 화단 앞에 몸집 큰 남자가 혼자 앉아 술을 마시고 있었다.

"아, 죄송해요! 못 봤어요!"

다행히도 내가 끼얹은 물은 그에게 전혀 미치지 않는 거리에 자국을 남기고 있었다.

"썩 닦아! 얼른 못 닦아?"

그는 거기가 흙바닥인지 방바닥인지 분간 못할 정도로 취해 있었다.

귀에 담지 못할 욕설을 들려주는 그를 피해 허둥지둥 자리를 뜨면서 매일 와야 하는 장소인데 저 사람이 악감을 품고 있을 테니 큰일났네 싶었다. 하지만 저 정도로 취했다면 아무것도 기억하지 못하지 않을까 하는 생각이 들었고, 그 생각이 맞았던 것 같다.

그 공터를 처음 본 게 10년 전이다. 그때 내가 다니던 헬스장이 복지회관 건물 4층에 있었는데, 어느 날 문득 트레드밀에서 달리는 내 눈에 온통 연두색 철망으로 싸여 있는 이층집이 들어왔다.

운동을 끝내고 찾아가보니 멀리서 볼 때보다 더 심상치 않았다. 집이나 가구에 쓰이는 온갖 종류의 문과 창문과 울타리가 빽빽이 집에 둘려 있었다. 틈틈이 덩굴 식물이 가지와 잎을 내밀고 꽃도 듬성듬성 피어 있었다. 분명 사람이 기거하고 있는 듯 보이는데, 그는 대체 어떻게 저길 드나들까.

나 혼자 보기 아까워서 그 며칠 뒤 작가 신경숙과 화가 김점선 선생님을 모셨다. 우리 셋이 두 걸음 너비 골목에서 그 집을 감상하며 건너편 벽에 기대어 있을 때 마침 집주인이 왔다. 김선생님 또래로 보이는 그는 심상한 모습의 남자였다. 듣자 하니 이웃들이 흉물스럽다고 구청에 민원을 넣기도 한 모양이지만 그는 자기 집을 그렇게 장치하는 데 예술가에 방불한 의식을 갖고 있었다.

잡지에도 소개됐다고 하면서 그 집에 대한 자부심을 보이며 그가 말했다.

"내 뜻을 이을 사람이 있으면 이 집을 물려주고 싶어요."

그러자 김선생님이 냉큼 나를 그 앞으로 밀며 "애 주세요, 애요!" 하셔서 발칵 화를 냈던 기억이 난다. 그 집 바로 위의 그 공터에 하루도 빼놓지 않고 오게 될 줄이야.

나의
해방
촌

내가 처음 해방촌에 둥지를 튼 때가 1986년이었다. 그전 3년쯤을 하얏트호텔 건너편의 언니 집에 얹혀 지냈으니, 그것까지 치면 남산 언저리에서 산 세월이 37년이다. 해방촌만 치면 34년! 대학교 4학년생이었던 동생과 함께였다.

언니가 얻어준 집으로 이사를 했는데, 시장 속의 한 좁다랗고 어두컴컴한 계단을 세 층 올라가 꼭대기에 있는 마루가 딸린 방 두 칸이었다. 입구에는 야채 가게와 양념 가게가, 바로 건너에 국수 가게와 건어물 가게가 있었다.

'제가 살 집이 아니라고 이런 집을 얻어주다니.'

속으로 입을 비죽거렸지만, 나보다 네 살밖에 많지 않은 언니한테 경제를 의지하고 사는 터라 불평할 주제가 아니었다. 아무튼 집주인 가족 모두 더할 수 없이 순하고 선한 사람들이었고, 처음 세를 들이는 듯 우리 남매를 조심스레 대

해주었다. 게다가 다들 바삐 일하며 살아서 좁은 건물임에
도 부딪치지 않고 편히 지냈다. 그리고 저녁이면 노을이 어
찌나 그윽하게 비쳐들던지.

생각해보니 거기 산 8년여 동안 나는 내가 사는 동네에
통 관심이 없었다. 집 바로 근처에 있는 해방교회(1947년에
축성된 유서 깊은 교회) 쪽으로도 한번 가본 적이 없고, 심지
어 시장 안도 입구에서 집으로 들어가는 길 외에는 거의 다
녀본 적이 없는 것 같다. 그저 해방촌오거리에서 짧은 비탈
을 올라 남산순환도로에서 버스를 타고 시내로 나가거나, 남
산 여기저기를 쏘다녔다. 그렇게 해방촌 꼭대기에서만 왔다
갔다해서 이 동네의 특색인 경사가 급한 비탈에 미로같이
얽혀 있는 골목은 통 알지 못했다.

이범선 선생이 1959년에 발표한 단편 「오발탄」에 배어 있
는 해방촌과 해방촌 사람들의 분위기랄지 정조는 그로부터
30년이 지난 1980년대 후반이건만, 그 무심했던 나도 설핏
느끼지 않을 수 없게 남아 있었다.

신흥시장 1층은 다닥다닥 붙은 가게들이고 위층들은 살
림집들인 주상복합 시장이어서 한밤에도 어느 집 유리문에

서 새어나오는 텔레비전의 파르스름한 빛과 왕왕거리는 소리가 자우룩이 주민의 안녕을 지켜주던, 해방촌 속의 해방촌이었다. 시장 사람들은 햇빛도 안 드는 가게를 온종일 지키며 부지런히 움직였고, 내가 세들어 사는 집주인네만 해도 아래층에서 신발 가게를 하고 있었는데, 젊은 외며느리를 한시라도 놀릴세라, 그녀는 살림하면서 신발 가게를 돕는 한편 따로 일을 나갔다. 그 시장 안에서 빈둥거리는 젊은이는 나밖에 없었다.

집주인 댁의 살림을 장악하고 있던 할머니는 그네의 남편과 「오발탄」의 실성한 어머니가 그렇듯, 삼팔선 이북에서 내려오신 분이었는데 남인 나한테는 참으로 온유하셨으면서 내 또래인 아들 며느리에게는 모질만치 엄격했다. 그렇게 해서 자식들 대학 공부를 시키셨을 테다.

시장 안 건물들은 오래전에 지어져서 하나같이 낡았다. 내가 이사한 얼마 뒤에 재개발 얘기가 돌아서, 그럼 우리는 어떡하나 불안했었는데, 그 10여 년 전부터 얘기가 있어서 손보지 않고 그냥저냥 산다는 그 건물들이 지금껏 그대로이다.

산천은 의구한데 인걸은 간데없네. 산천도 아주 의구하지는 않다. 지물포와 생선 가게와 야채 가게와 이불 가게, 옷가게 등 갖가지 가게들로 활기차던 그 신흥시장이 듬성듬성 몇 가게만 파리를 날리며 남은 채 스산하게 비었다가 최근 1~2년 새 공방이나 카페, 문화기획 사무실 등이 들어서기 시작했다.

겨울이면 연탄재를 버리러 갔던 쓰레기 수거장으로 올라가는 계단 밑에는 새로 유입된 젊은이들이 이벤트 중앙 행사장으로 사용하려고 만든 널찍한 무대가 생겼다. 그 자리에는 판자때기로 된 판매대들이 있었는데, 그중 생선을 파는 아주머니의 딸이 사법시험에 합격했다고 신문에 났었다. 그즈음 그 아주머니의 겸손과 자랑과 보람으로 상기된 얼굴이 떠오른다. 흙수저에게도 희망이 있던 시절이었어라.

재래시장 일반이 저물어서만이 아니라 시간의 힘으로 건물주건 세입자건 많은 사람들이 시장을, 혹은 세상을 떠났다. 내 집주인이었던 할머니도, 아내를 억척스레 만들고 당신은 노시는 듯 보이던 풍신 있고 인물 좋던 할아버지도 오래전에 세상을 뜨셨다. 그 할아버지뿐 아니라, 시장에서는 여성이 더 힘들게 일하고 남성은 대개 그리 살았던 것 같다. 간간 있었듯, 시장 밖에서 무슨 다른 사업을 벌인다고 목돈을 날리지나 않으면 다행이었을 테다. 아무튼 신흥시장 활성화 계획으로 현재 땅값이 엄청 올랐다니, 내 전 집주인 며느리 내외를 비롯해, 좁은 건물을 지켜온 선주민들을 위해서 다행한 일이다.

시장을 떠나 해방촌 후암동 방향 아랫동네에 살면서 깎아지른 듯한 비탈이랄지, 한 사람이 겨우 지날 수 있는 골목쟁이들을 알게 됐다. 지금 사는 곳은 10년 전에 두번째로 옮겨왔는데, 이면도로를 사이에 두고 바라보이는 첫 집에 살 때만 해도 12년 동안 이쪽 편을 전혀 모르고 지냈다. 그러니까 내가 해방촌 고샅고샅을 알게 된 건 10년 안짝 일이다.

해방촌은 행정명칭 용산1가동 일부를 포함한 용산2가동 일대를 일컫는다. 1945년 해방 뒤에 주로 삼팔선 이북에서 내려온 이들이 비어 있던 일본 육군 관사를 점거해 살다가, 미군정이 퇴거시키는 바람에 남산 기슭에 판잣집이나 움막을 짓고 살기 시작하면서 생긴 동네다. '공산 치하에서 해방됐다'는 주민들의 뜻을 살려 해방촌이라 불리게 된 게 1949년이라고 한다. 일본 육군 관사였던 곳은 짐작건대, 경리단(현 재정관리단) 건너편의 미군부대일 테다. 그곳은 해방촌오거리에서 해방교회와 해방촌성당을 지나 보성여고로 이어지는 생활가로를 경계로, 내가 살고 있는 골짜기의 건너편 골짜기에 있다.

언제부턴가 주말이면 동네에서 카메라와 수첩을 든 젊은 이들이 줄줄이 지나가는 걸 본다. 가이드까지 붙은 탐방자들이다. 내가 허구한 날 지나다니는 길이 어떤 사람들에게는 오래된 생활문화를 엿보는 '민속촌'인 것이다.

요즘처럼 해가 길 때면 동네 고양이 밥을 주려고 쪼그려 앉아 있을 때 그들과 마주치기도 한다. 진지하게 사방을 둘러보며 비탈길을 신기한 듯 딛는 그들에게 나는 '원주민'의 한 모습을 제공한다.

그들의 이후 코스는 후암동으로 이어지는 108계단일 터이다. 내가 아는 108계단은 중앙에 화단이 가로질러져 두 줄로 나 있는데, 원래는 한 줄이었다고 한다. 1963년 후암동 하수도 공사를 하면서 갈라졌다고.

108계단이 신사로 가는 진입로였다는 말은 진작 들었지만, 그렇다면 그 신사가 어디 있었는지 이번 기회에 알아봤는데, 뜻밖에도 싱겁게 알 수 있었다.

108계단으로 내려가기 전에 구멍가게가 하나 있다. 옛날에는 제법 손님이 들었겠지만, 이제는 담배 손님이나 있을 것 같은 가게로 깔끔한 노인 내외가 주인이다.

"정일학원 자리야."

할아버지 대답을 듣고 나는 깜짝 놀랐다.

"정말요? 신사에 가보신 적 있으세요?"

"나는 못 가봤지. 열여덟에 내려왔는데, 그때는 다 허문 뒤야."

할머니는 가봤다고 하셨다.

"아주 근사했어."

"이 사람은 열 살엔가 내려왔거든."

두 분 다 월남인이었다. 1943년 일본이 전사자들 영령을 참배하라고 지었다는 '경성호국신사'가 정일학원이었던 자리에 있었다니, 그렇게 가까이 있었다니! 지금은 거기 외국인 학교와 다세대 주택이 들어서 있다.

108계단을 내려다보는 위치에서 왼편에 있는 골목에는 빈 집이 여럿이다. 재개발지역 투기를 목적으로 사놓고 빈

채로 보낸 세월이 길어 폐가가 되다시피 한 집들이다. 예의 그 구멍가게 건너편에도 멀쩡히 지은 다세대주택들이 빙 둘러 선 가운데 흉흉할 정도로 허물어진 집이 있다. 알고 보니 그 자리가 선천군민회 터라고 한다. 평안북도 선천군에서 이남한 해방촌 초기 정착이주민들의 주거 형태가 그대로 남아 있는 곳이라니, 이제 볼 때마다 새로울 것 같다. 나 굉장한 동네에서 살아왔구나!

108계단에 마을활성화 일환으로 에스컬레이터가 만들어진다고 한다. 난 반대다. 108계단쯤 오르내리는 데 그다지 힘겹지도 않고, 옛 정취가 또 하나 사라지는 것이다. 노약자를 생각하면 반대할 수만 없지만.

이 동네에는 노인들이 많이 산다. 해방촌이 시내에 가까우면서 집세가 싸서 서민 살기 좋기 때문인지, 그 노인들 대개는 젊어서부터 여기 터를 두고 가난을 짊어지며 살아온 이들이다. 아, 급하기도 급한 경사 길에 폐품을 싣고 다니는 노인은 왜 그리 자주 눈에 띄는지. 내가 처음 뵈었을 때부터 세월이 흘러 이제는 구십대가 된 노인들이다.

108계단을 내려가 후암동으로 빠지지 않고 왼편으로 길을 잡으면, 해방촌오거리로 가는 이면도로다. 쌀집이니 세탁

소니 비디오 가게 등이 있던 자리에 말끔하게 치장한 공방들이 들어섰다. 한 100여 미터 평지처럼 서서히 오르막이다가, 급 오르막이 나온다.

원주민으로서 다행인 것은 보도가 명확하지 않은 좁은 길에 교통량이 많고 가팔라서 카페 등속이 없는 것이다. 전에는 허름한 공간들에 니트 공장들이 있었고, 바로 길거리에 놓인 툇돌에 신발들이 벗어져 있기도 했다. 그 가내공장들에서 흘러나오는 가요를 들으며 그 옆을 지나갔었다. 왼편으로 신흥교회를 두고 조금 올라가면, '경성호국신사' 터였다는 옛 정일학원이다.

꽃
사
세
요,

꽃
요

그이도 이제 나이를 먹었는가. 서울 후암동과 우리 해방촌 경계에 있는 버스 종점의 작은 컨테이너 점포는 겨울이면 닫아둔 지 두어 해 된다. 하긴 구두를 수선하거나 열쇠 맞추는 사람이 몇 안 될 테다. 그이도 그 일에 솜씨가 있어 보이지 않고 재미도 별로 느끼지 않는 듯싶다. 그이가 재미를 느끼는 건 장사, 그중에서도 화초를 파는 일이다.

지난 4월 초 거기 중학교 담벼락 아래 상추니 고추 모종과 화초가 옹기종기 내놓인 걸 보고 그이가 돌아온 걸 알았다. 그이의 무사 귀환이 반가웠는데, 낮에는 스티로폼 박스 뚜껑을 깔고 둘러앉아 군것질도 하고 수다를 즐기시는 동네 아주머니들이 그 자리를 지키고 그이는 어딜 갔는지 통 보이지 않았다.

그러던 어느 한밤 열시가 넘었는데 길바닥에 화분들이 그대로 있기에 컨테이너를 들여다봤더니 그이가 뭔가를 정리하다가 수줍게 웃으며 반겨주었다.

"아직 퇴근 안 하셨네요?"

종종 취기를 보이던 그이여서 술을 드셨나 했는데 말짱한 눈빛이었다.

"응. 언니, 이것 좀 먹어봐."

그이는 대답과 동시에 신문지에 싼 뭔가를 꺼내 주섬주섬 펼쳤다.

"아, 아니에요."

"쑥버무리야. 맛있어. 동네 언니가 나 먹으라고 해준 거야."

"아니에요. 괜찮아요."

사양해도 아랑곳없이 그이는 쑥버무리를 한 조각 떼어 입에 넣어주려 했다.

"아, 지금은 못 먹어요. 그럼 나중에 먹을게요."

그이는 좀 아쉬운 얼굴로 크게 한 덩이 떼어 내밀었다. 그리고 발치의 보따리에서 오이 한 개를 꺼내 주면서 목마를 텐데 베어먹으라고 했다.

파는 물건까지 거저 받기가 미안해서 사겠다고 했다. 오이 다섯 개를 담아 딸랑 2천 원 받으면서 그이는 그이대로 주려다가 장사를 하게 된 게 민망한 듯 상추 두 줌을 덤으로 넣어 주었다.

골목에 들어서면서 나도 모르게 꾸러미에 손을 넣어 쑥버무리를 뜯어서 입에 넣었다. 와! 쑥 범벅이 씹히는 순간 쑥 향기가 달큼하게 진동하면서 입맛을 확 당겼다. 쑥버무리라는 것이 이렇게 맛있는 거였구나.

그뒤 유명한 떡집 체인점에서 쑥버무리를 사 먹어봤는데, 쑥 범벅이기는커녕 약간의 쑥이 섞인, 달기만 단 여느 떡이어서 실망스러웠다.

5월이 되자 그이의 길거리 꽃가게가 사뭇 화사하게 눈을 끌었다. 어버이날과 스승의날을 겨냥한 꽃바구니들이 등장한 것이다. 해마다 그이의 꽃바구니 만드는 솜씨가 늘었는데, 올해는 색깔도 조화롭고 세련된 게 나도 하나쯤 가져다 식탁에 놓고 싶었다. 지난해까지만 해도 그맘때 길거리에서 흔히 보는 그저 그런 꽃다발과 꽃바구니였는데 말이다. 그성의 없이 천편일률적으로 만든 카네이션 묶음을 떠올리면,

왜 어버이를 비롯한 어르신들이 5월에 가장 받기 싫은 선물로 꽃을 꼽는다는 건지 이해가 된다.

그이의 꽃꽂이 솜씨가 일취월장했다는 건 나만의 생각이 아니다. 이웃 동네에 사는 후배가 오가다 보았다며 말했다.

"그 할머니, 꽃바구니 정말 예쁘게 만들던데요."

"어, 할머니? 그 사람 할머니 아닌데……. 내 또래야. 그 사람은 동안인데."

"어……. 멀리서 봐서 그런가? 할머니던데. 선생님한테는 할머니라는 느낌 한 번도 안 받았는데."

쩝, 이러나저러나. 돈벌이가 될 듯해서 5월에 꽃을 엮어 팔기 시작했던 그이의 소양이 비로소 발현된 것이다. 그래서인지 이번에는 꽃바구니가 잘 팔리는 게 눈에 띄었다.

어쩌면 그이가 겨울에는 졸업식이나 입학식에 어느 학교 앞에서인가 꽃을 팔았을지 모르겠다. 아니었다면 앞으로 그러시라고 권해봐야지. 화초에 둘러싸여 있고 꽃을 만지는 게 그이의 행복인 듯하다.

'내가 방귀를 뀔 때/ 내 고양이는/ 관심도 없지.'

찰스 부코스키의 시 「분별 있는 친구」 전문*이다.

그이에게 '화초는 분별 있는 친구'일 테다. 나는 물론 꽃을 싫어하지 않지만, 잘 알지 못한다.

이제하 선생님을 뵈러 제주도에 갔다가 만춘서점에서 『나무 수업』을 샀다. 굉장히 잘 고른 책이다. 알지 못하고 무관심했던 나무의 사생활과 사회생활에 대해서 흥미진진하게 배웠다.

'목걸이의 강도는 제일 약한 고리의 튼튼함에 달려 있다.' 유럽의 옛 수공업자 사이에 떠돌던 말이란다. 겉보기에 살아남지 못할 것 같은 나무가 숲에서 건강을 유지하는 비결과 숲 전체 건강에 대한 비유다.

• 찰스 부코스키, 『고양이에 대하여』, 박현주 역, 시공사

2부

달려라、캣맘

여름의 향기

〈모나코〉에서 〈95년 봄〉까지 열 곡이 수록된 장 프랑소아 모리스 시디를 반복해 듣고 있다. 내 방향으로 하나, 야옹이 방향으로 하나 선풍기 두 대가 더운 공기와 더운 노래를 휘저으며 돌아간다.

야옹이 한 놈은 내가 볼륨을 너무 높여 틀었나, 뭐가 또 못마땅한지 한 시간 전에 팩 자리를 떠 구석방 옷장 위에 올라가버렸다. 거기 엄청 더울 텐데 나를 가책받게 하려고 자학하는 건가. 이상한 놈이다. 이상한 놈이 하나 더 있으니, 지금 집 앞에서 나를 기다릴 테다.

제 구역도 아닌 우리 집을 어떻게 알았는지 보름 전부터 대낮에도 진을 치고 있는 삼색 고양이다. 가만 보니 새끼를 낳은 모양인데, 금방 먹어도 돌아서면 배가 고프기는 할 테다. 내가 좀 늦게 나가면 화를 내면서 밥을 재촉하는 게 마치 내 손자라도 낳은 양 유세가 다락이다. 말 나온 김에 잠깐 나갔다 와야겠다. 옷도 꿰입어야 하는데……. '아, 귀찮아!'라고 생각해서 미안, 삼색아!

덥다, 더워. 다섯 층 아래를 내려간 김에 2리터 들이 생수 여섯 개를 사 들고 왔더니 땀이 줄줄 쏟아진다. 삼색이가 이번엔 순하게 울면서 나를 맞았다.

너무 더워서 기운이 없나보다. 젖이 늘어져 있고, 눈 밑에 눈곱이 까맣게 말라붙어 있다. 눈께로 손을 뻗으니 고개를 젖혀 피한다. 물휴지라도 있었으면 다짜고짜 닦아줬으련만. 애가 2개월령 남짓에 나타난 게 2년 전이니 이제 두 살이 넘었다. 진작 키울 사람을 찾아주거나 중성화를 시켰으면 좋았을걸. 언제 새끼를 가질지 몰라 조마조마했는데 이번이 첫 배다. 체구가 유난히 작고 소년 같은 데가 있어서 어쩌면 수놈일지 모른다고 생각했었다.

삼색 고양이는 대개 암컷이다. 수컷일 경우 염색체상 생식이 불가능한데, 드물어서 일본에서는 수컷 삼색 고양이가 복고양이를 상징하여 천만 원을 호가한다나. 암놈이건 수놈이건 일본에서 태어나지 하필 이 나라에서 태어났누…….

나갔다 오니 옷장에 올라가 있던 야옹이도 선풍기 앞에서 몸을 쭉 뻗고 있다. 잘했군, 잘했어. 흐뭇한 내 마음 아랑곳없이 그 이상한 놈이 도로 구석방에 들어가버린다. 야옹이가 더위 먹으면 나만 손해니 창고에 넣어둔 선풍기를 꺼내들고 쫓아 들어갈 수밖에.

올여름에 선풍기 한 대가 새로 생겨 세 대가 됐는데, 우리 집에 두 대면 충분하리라 생각해서 남는 것을 없앨 참이었거늘. 이래서 애 있는 집이랑 고양이 있는 집에 살림살이가 구질구질 느는가보다.

내 좁은 집에는 시디플레이어가 두 대다. 원래는 한 대였는데 동네 중고물품 가게에 갔다가 근사한 게 진열돼 있어 건져 왔다.

요즘은 음악을 스마트폰이나 컴퓨터로 듣기 때문에 음향기기들이 많이 버려진다고 한다. 내 원래 시디플레이어는 라디오 전파가 잘 안 잡혀서 아쉽던 차였는데, 새로 발견한 시디플레이어는 라디오도 잘 잡히고 소리가 어찌나 중후하던지 별 불만 없이 들었던 전의 소리가 어쩐지 2% 부족했던 듯 여겨졌다.

구매품에 대해 이후 두말 않는 조건으로 거저다시피 한 가격에 시디플레이어를 가져오면서 그 무게만큼이나 묵직한 회열로 가슴이 벅찼었다. 그런데 잘 작동하던 시디플레이어가 며칠 뒤 첫 곡만 들려주고 먹통이 돼버린 것이다. 다른 기능은 멀쩡하면서 말이다. 할 수 없이 라디오나 카세트테이프로만 음악을 들었는데, 여름이 깊어가니 도저히 참을 수 없어서 창고에 두었던 시디플레이어를 꺼내 엑스시디플레이어와 현시디플레이어 두 대를 나란히 놓았다.

벌써 몇 바퀴째인지 모르게 막 〈모나코〉를 마치고 〈나의 젊음〉으로 넘어가는 내 기특한 엑스시디플레이어. 사실 진작 누구에게라도 주려고 했는데 두 사람한테 거절당했다.

얼마나 다행인가. 아니었으면 어찌 내 여름 음악인 보니 엠과 장 프랑소아 모리스를 원도 한도 없이 돌리고 돌리며 들을 텐가.

그에게는 외국어인 영어와 모국어인 프랑스어. 그 두 가지 언어를 무르익은 열대과일처럼 뒤섞으며 사랑을 노래하는 장 프랑소아 모리스의 목소리에 여름의 향기 물씬하다.

홍, 누구는 지중해 바닷가 섭씨 28도의 나무 그늘 아래서

달콤한 권태로 느즈러지고, 누구는 후끈 지열과 함께 피어
오르는 아스팔트 단내 속을 총총 걷는구나.

하긴 이 또한 여름의 향기일레라.

그것은 꿈이었을까

해방촌 비탈과 보성여고 길로 이어지는 긴 계단 밑에서 처음 보는 노란 고양이가 별거 없어 보이는 쓰레기봉투를 뒤적이고 있었다.

"야옹아!" 부르니 고양이는 구슬픈 울음소리를 내며 다가왔다. 인물은 좀 빠졌지만 울음소리가 꾀꼬리처럼 예뻤다. 공책 한 장을 찢어서 그 위에 사료 한 줌, 그리고 간식 캔을 따서 얹어 내밀었다. 내 발치 가까이에 앉아 허겁지겁 먹는 걸 보니, 그만큼 배도 고팠겠지만, 여느 길고양이가 아닌 듯했다. 누가 기르다가 버린 지 얼마 안 된 게 분명했다.

한숨을 쉬며 머리통을 쓰다듬자 "하악!" 소리를 냈다. "미안, 미안!" 나는 그 고양이를 내려다보다가 무거운 마음으로 발길을 옮겼다.

며칠 뒤 늦은 밤, 그 길을 내려가는데 예의 꾀꼬리 소리로 아주 섧다는 듯 하소연하는 울음소리를 내면서 그 고양이가 쫓아왔다. 얼른 밥을 줬더니 서럽게 흐느끼면서 열심히 먹었다. 지나가던 사람이 우리 관계가 궁금한 듯 구경했다.

그뒤 그 길을 그 시간 어간에 찾아가 그 고양이와 조우했다. 한 달여는 꾸준히 만났지만, 어느덧 못 만나는 날도 생기고 다른 시간 다른 장소에서 보게도 됐다. 개의 행동반경이 넓어진 것이다.

처음에는 잘 먹던 간식 캔을 맛없어 해서 다른 캔을 주게 됐고, 점점 모양이 꾀죄죄해지는 등 변화가 있었지만, 내 발치에 앉으면서도 건드리지는 못하게 하는 거리두기는 똑같았다. 만약 내가 이따금이라도 곁에 오래 있어줬다면, 조금은 더 가까워졌을 것이다. 그럴걸! 지금은 후회막급이지만, 그럴 시간이 없기도 했고, 내 무의식에 더이상 연루되지 말자는 이기심이 있었을 테다.

그 고양이는 그해 겨울을 살아 넘겼다. 그런데 언젠가부터 눈곱이 잔뜩 끼고 상태가 안 좋아졌다. 그러면서 며칠 안보일 때도 있었지만 다시 나타나곤 해서 나는 애써 걱정을 물리쳤다. 그러나 보름 넘게 눈에 띄지 않았을 때는 걱정이 태산 같았다.

그애는 삐쩍 말라서 나타났다. 밥도 물도 충분한 이 구역을 왜 떠나서 어디 갔다 온 것일까? 자세히 보니 이빨도 성치 않은 듯 밥 먹는 입 모양이 이상했다. 눈도 안 좋고 귀도 안 좋아 보였다. 아무래도 병원에 데려가야겠다고 굳게 마음먹었다. 그러나 가죽장갑을 끼고 냅다 옆구리를 잡아 들어올리는 순간, 그애의 공포가 얼마나 크던지 도로 놓고 말았다.

한 며칠 그애는 가까이 오지 않았다. 비실거리면서, 개는 또 한 겨울을 기적처럼 살아 넘겼다. 약간은 살이 올라서.

이번에는 진짜 그애를 다시는 못 보는 줄 알았다. 올해 초봄부터 무려 석 달 가까이 사라졌던 것이다.

정말 죽었나봐. 쓰라린 마음으로 가슴속에 묻고 있을 때, 그애가 나타났다. 비명이 절로 나올 모습으로. 더이상 마를 수 없을 정도로 마른 몸피에, 누구한테 심하게 당했는지 볼 한쪽 살이 뜯겨 덜렁거리고, 몸통 여기저기 물어뜯긴 상처가 숱했다. 꼬리도 너덜거렸다. 꼬리 끝부터 코끝까지 성한 데가 없었다.

그애는 힘없이 울면서 나를 반기고, 밥을 먹고 물을 마시
더니 탈진한 듯 눈을 감고 내 앞에 푹 엎드렸다. 친구에게 이
동 장을 갖고 와달라고 할 참이었는데, 휴대폰을 빌려준 청년
이 119에 연락하면 잡아줄 거라고 조언했다.

그게 낫겠다고 생각했건만 구조원들이 길을 잘못 들어
도착 시간이 늦어졌고, 그새 진돗개를 산책시키는 처녀가 지
나갔다. 그 바람에 고양이가 자동차 밑으로 피해 들어갔다.
결국 고양이는 구조원들이 포획망을 휘젓자 사력을 다해 도
망가버렸다.

"우리는 다쳐서 움직이지 못하거나, 막다른 데 있는 고양
이밖에 못 잡아요."

"저렇게 도망갈 힘이 있으면, 쟤 살 거예요."

구조원들이 미안한 듯 위로했지만 나는 고개를 저었다.
진작 그 고양이의 외로움을 보듬어줬으면 나 혼자 조용히
병원에 데리고 갈 수 있었으련만. 무참한 마음으로 자리를
떴다.

다음날, 그 자리에서 나를 기다리는 그애를 본 순간, 용서
받은 것 같은 울컥함을 독자들은 헤아리시리라.

그뒤에 낮과 밤, 하루 두 차례 그애를 본 지 스무날쯤 돼간다. 볼과 등덜미는 커다란 땜빵이 생겼지만 아물었고, 뼈가 드러나서 그 끝이 꺼멓게 썩어들어가던 꼬리에도 엷은 막이 덮였다. 하지만 몸은 여전히 비참하게 말랐고, 눈에는 누런 고름 같은 눈곱이 매달려 있다.

한 열흘 갖고 다니던 이동 장을 그제부터 안 갖고 다닌다. 내 힘으로는 도저히 잡을 수 없다.

어쩌면 좋을까……. 오늘밤에라도, 내일이라도, 어느 구석에서 죽어 다시는 못 볼지도 모른다. 나는 그전처럼 부리나케 자리를 뜨지 못하고 한참 옆에 앉았다가 온다.

며칠 전, 얘가 아무것도 먹지 않은 날이 있었다. 그런 일은 처음이었다. 몇 종류의 캔을 차례대로 따도 거들떠도 안 보고 차 밑에 죽은듯 모로 누워 있었다. 그러면서도 내가 움직이자, 몸을 일으켜 비실거리며 나를 따라다녔다.

할 수 없이 차 그늘에서 쉬게 하고 그 앞에 쪼그려 앉았다. 비쩍 마르고 더러운 네 다리며, 세상에 이보다 가련한 고양이가 있을까. 애를 버린 사람, 이 꼴을 보세요! 얘가 어떻게 되지 보세요!

"그러니까 왜 안 잡혀?"

중얼거리며 내가 조심조심 손을 뻗자, 고양이는 울상을 하고 일어나 차 옆의 모자원 건물 담벼락에 난 문으로 들어갔다. 곧 쿨럭쿨럭 소리가 났다. 쫓아가보니 등을 움츠리고 토하고 있었다. 지금 죽으려나봐! 진작 어떻게 해줬어야 했는데! 내가 울부짖자 멈칫하더니 고양이는 비틀거리며 계단을 내려갔다.

나는 울면서 따라 내려갔다. 모자원의 너른 앞마당에 들어서자 한 여인이 소리를 질렀다.

"여기 함부로 들어오는 데 아니에요!"

고양이는 마당에 세워진 차 밑으로 들어갔다.

"고양이가 죽어가서 따라왔어요."

내 변명에 여인은 한달음에 달려와 차 옆에서 쿵쿵 발을 구르며 악을 썼다.

"여기서 고양이가 죽으면 어떡해! 가! 가! 나가! 나가!"

그 서슬에 고양이가 차 밑에서 나와 도로 계단을 비틀비틀 올라갔다.

머리가 텅 빈 채, 울면서 나도 그 뒤를 따라갔다. 그 여인이 우리를 내몰며 쫓아올라와 문을 쾅 닫았다. 땡볕 내리쬐는 하얀 대낮에 겪은, 그 이상한 꿈같은 일의 충격이 중병 후유증처럼 걷히지 않는다.

이렇게 가혹한 여름

평생 처음 여름이 힘들게 느껴졌다. 발이 산적 발같이(산적의 발을 본 적 없으니 정확한 비유는 아니다만) 거칠어졌다. 샌들을 신을 때 남부끄러울 지경으로 우락부락 흉한 발 꼴을 면하자고 양말과 운동화를 신고 고양이 밥을 주러 다녔는데, 발 꼴이고 뭐고 열에 들뜬 눈으로 삼선 슬리퍼에 발가락만 간신히 꿰고 나가곤 했다.

혹독한 추위는 악의에 찬 듯이 느껴지는데 혹독한 더위는 가혹한 무심이 느껴진다. 이렇게 더워서야 여름이 좋다는 말도 살 만한 제 처지를 자랑하는 말이 되리라. 이제 에어컨이 생활필수품이 되려나보다. 벽에 구멍 뚫는 게 싫어서 에어컨을 마다했는데 아무래도 내년엔 에어컨을 들여놓고 여름을 맞아야겠다.

우리 집 노령 고양이들이 날이 갈수록 더 힘들어한다. 이러다 고양이 잡겠다. 나 역시 땀범벅이 돼도 샤워 한 번 편히 못하는 게 여간 불편하지 않고. 보일러 파이프가 기온에 달궈져 방바닥이 뜨끈뜨끈하니까 둘째 고양이 보꼬가 욕실 타일 바닥에 진을 치고 있다.

생각하면 이놈들한테 짜증이 버럭 난다. 집에 냉풍기 한 대와 서큘레이터 한 대가 있는데, 한 공간에 잘 배치하고 세숫대야에 얼린 물병들을 담아놓으면 제법 지낼 만하다. 그런데 기껏 최상의 배치를 해놓으면 딴 방으로 휙 가버리는 것이다. 입 짧은 손자한테 한 술이라도 더 먹이자고 밥그릇이랑 숟가락 들고 쫓아다니는 할머니처럼 냉방기 일습을 그 방으로 옮겨놓으면 또 자리를 뜨고. 마음대로 해, 결국 냉방기를 각 방에 나눠놓았다.

어제 낮은 이번 여름 중에서도 가장 더웠다. 기온을 확인하지 못했지만 내 체감온도는 그랬다. 방바닥에 누워 낮잠을 자는데 온몸이 땀에 흠뻑 젖었다. 팔뚝에서도 땀이 줄줄 흘렀다. 맥을 못 추고 까무룩 잠들었다가 깨니 저녁이었다. 어쩌면 다른 날도 그만큼은 더웠는데 집에 있지 않아서 몰랐을까. 그랬다면 우리 야옹이들한테 미안하다. 에어컨 없는 집에서 체온 하나 줄이자고 낮에는 카페에 가 있었는데, 찜통 속에 야옹이들을 두고 나 혼자 시원하게 지낸 것이었다.

앞으로 더 더울 건가, 계속 더울 건가.

숨막히는 공기 속에서 첫째 고양이 란아는 안절부절못하고 자리를 옮겨 다니며 엎드려 있고, 보꼬는 토하고……. 우리 이제 어떡하지. 절망과 공포로 처량해져서 쪼그리고 앉아 있는데 폭우가 쏟아졌다. 비가 그친 뒤 우리 동네 고양이들 밥 주고, 아랫동네 고양이 밥을 챙기러 들어왔다가 어제 편의점에서 산 샌드위치를 당장 안 먹으면 버리게 될 거 같아서 먹고 잠깐 누웠는데 또 잠이 들었다.

눈을 뜨자마자 가슴이 철렁했다. 밥 안 주고 잠들어버렸구나. 이럴 때 곰곰 생각해보면 이미 준 뒤여서 곰곰 생각해봤는데, 이번엔 처음으로 진짜 아직 안 줬다. 시계를 보니 자정이 다 됐다. 허위허위 밥을 꾸려 나갔다. 청량한 바람이 넘실거렸다. 몇 시간 사이에 계절이 바뀐 듯 몸에 닿는 공기가 서늘했다.

집에 돌아와 옥상에 내놓은 욕실용 플라스틱 낮은 의자에 앉았다. 하늘은 회청색, 구름으로 덮여 달도 안 보인다.

바람이 끝없이 불고 건너편 지붕들 너머 숲에서 풀벌레들 합창 소리 들린다. 유리문 너머로 방에서는 냉풍기 돌아가는 소리. 새벽 세시. 야옹이들은 예제서 널브러져 잠들고. 실로 오랜만에 심신이 정화되고 진정되는 좋은 밤이다. 문득 이 시간이 참으로 고맙고 소중하게 느껴졌다.

여기까지가 말복 새벽에 쓴 글이다.

이틀 뒤 폭염이 재개됐고 란아 몸이 나빠졌다. 단순한 열사병인 줄 알았는데, 폐에 농양이 찼단다. 항생제를 쏟아부어도 염증이 안 잡히고 더이상 치료책이 없다고 해서 퇴원시키러 갈 참이다.

두 달 전 병원에 갔을 때 의사 선생님이 특히 옆구리에 솟은 멍울이 불길하다고 했는데, 란아 나이도 많고 하니 칼 대면 사람도 고생이고 고양이 고통도 커질 거라고, 일단 두고 보자고 했다. 내 사는 형편을 우선으로 생각한 의견일 수도 있었는데, 나 편하자고 그대로 따랐다.

아, 에어컨이라도 진작 놓아줄걸. 란아, 란아, 란아…….

순해지고 강해지다

잠에서 깨어나는 순간 문자 그대로 '헉!' 놀라는 때가 있다. 비몽사몽인 채 가슴 조이며 기억을 더듬어본다. 고양이 밥을 주러 나갔다 온 기억이 나면 안도의 숨을 내쉬며 다시 잠에 빠져들고, 그렇지 않으면 벌떡 일어나 시계를 본다.

새벽 네시가 넘은 때도 한 번 있었다. 미쳤어, 미쳤어! 허둥지둥 달려나갔다. 제 밥 먹는 곳이 아닌 길목에서 만난 초록 눈 삼색 고양이가 "야옹!" 나를 반겼다. 기다리다, 기다리다, 달리 먹을거리를 찾아 헤매는 중이었을 것이다. 그 외, 두세 마리쯤 더 얼굴을 볼 수 있었다. 어떤 녀석은 화를 냈고 어떤 녀석은 그저 고맙다는 표정이었다.

지난밤에도 화들짝 잠이 깼다. 그 전날, 오랜만에 친구들과 모여 밤새워 놀다가 오전 열한시에야 집에 돌아왔는데, 완전 파김치가 됐지만 오후 한시에 다른 친구와 점심 약속이 잡혀 있어서 내처 깨 있을 수밖에 없었다.

낮에도 밥을 놓는 세 군데를 돌기 위해 비탈을 올라가는데 심장이 경고신호를 보냈다. 더위 때문만은 아닌 땀이 비오듯 쏟아져 물에 빠진 듯 흠뻑 젖었다.

차 밑에 고양이 밥을 놓을 때 누군가 옆에서 걸음을 멈춰 올려다봤더니 못마땅해하는 얼굴의 한 아주머니였다. 이제 한바탕 욕을 하겠지. 체념하고 고개를 돌렸는데, 꺼멓게 죽은 낯빛으로 땀에 젖어 있는 내 꼴이 심상치 않았는지 그냥 지나갔다. 그런 컨디션으로 밤 열시 무렵까지 버티다 빗소리를 들으며 나가떨어졌던 것이다.

무거운 눈꺼풀을 간신히 올리고 시계를 보니 다행히도 자정을 살짝 넘긴 시간이었다. 그새 빗줄기는 거세졌다. 몸은 천근만근. 사료와 물과 물그릇 밥그릇, 그리고 눈에 띄는 고양이 응가를 처리할 장비(검정 비닐봉지, 비닐장갑, 나무젓가락, 휴지 등)에 우산까지 챙겨서 집을 나섰다.

1층 계단으로 내려가 집 건물 앞에 있는 자동차 밑에 놓을 고양이 밥을 담고 있는데 한 남자가 들어섰다.

"이제 그만하세요! 그만큼 했음 됐잖아요! 네? 그만하라고요! 한집에 살면서 자꾸 이런 말 듣는 아줌마나 하는 나나 좋겠어요? 그만하자고요!"

2층 세입자였다. 완전 비행청소년 나무라는 식이다. 나는 멍하니 그를 쳐다봤다.

"고양이 밥을 주니까 고양이가 건물 안에 들어와서 빨래도 물어가고, 원!"

"고양이가 왜 빨래를 물어가요?"

"그걸 내가 어떻게 알아요?"

"고양이가 빨래 물어간다는 말은 처음 들어요."

"빨래 물고 위층으로 올라가는 거 쫓아가서 뺏었어요. 네 발 달린 짐승이 어디를 못 가요? 이제 그만 줘요! 네?"

비 오는 날 그 시간에 고양이 밥 주겠다고 나서는 부스스한 몰골 아줌마가 한심하겠지만, 딱해서라도 그런 말이 나올까? 다른 무엇보다도 그의 치졸한 냉혹함이 지겨웠다.

"저 사람은 왜 아직도 이사를 안 가는 거야?"

나는 그의 뒤에 대고 그만큼이나 치졸해져서 소리쳤다. 고양이 한 마리 눈에 띄는 것도 못 참는, 기껏 고양이하고나 영역 다툼을 하는 그 왜소한 사람은, 실은 쌓인 피로가 앙칼지게 터졌을 뿐인 내 부당한 고함에 웬일로 대꾸가 없었다. 내가 사나운 사람인 줄 알았나보다.

내 삶은 확실히 길고양이들 밥을 주기 전과 후로 갈렸다. 요점만 말하자면, 길고양이들에게 밥을 주기 시작한 뒤로 나는 사람들에게 훨씬 착해졌고, 순해졌다. 유독 못난 사람들에게 유독 해코지를 당하는 고양이들을 보호하려는 일념으로 유독 못난 인간한테 참을성은 또 얼마나 많아졌는지…… 2층 세입자는 그런 걸 알 바 없으니 움찔한 것이다.

사실 당신은 그런 태클을 내게 안 걸어도 그만일 것이다. 한편 그 어떤 말을 들어도 나는 고양이들을 굶길 자신이 없다. 그러니 그 어떤 말도 소용없다. 어쩌면 당신은 그걸 알면서도 제 스트레스나 풀어보자고 그러는 걸 테지.

달
려
라、

캣
맘

어제는 동네 고양이 낮밥을 줄 시간을 피해 하오에 잡은 일로 파주출판단지에 다녀오고, 서둘러 밤밥을 돌린 뒤 모처럼 나가놀다가 깊은 밤에야 집에 왔다. 그 피곤의 여파로 늦잠을 자서 정오 전에 보내야 할 원고를 오후 세시가 다 돼 끝냈다.

부랴부랴 고양이 밥을 꾸려 들고 집을 나섰다. 남산도서관 고양이 밥도 주고 와야 했다. 낮에는 남산도서관, 밤에는 후암동 일대가 이틀에 한 번 추가되는 나의 고양이 급식 행로다. 줄여도 시원찮은데 왜 자꾸 고양이 밥 주는 영역을 넓히느냐고 화를 내는 친구도 있는데, 난들 그러고 싶어 그러나. 눈감고 피하려 해도 주어지는 걸 어쩌랴.

아, 당신이 발견한 가엾은 고양이에 대해 부디 내게 알리지 말아달라!

친구의 걱정도 스트레스가 될 뿐이어서 그가 무안해할 정도로 쏘아붙인다.

"너 대신 내가 줄 테니 오늘은 쉬어라, 그런 말 말고는 어떤 말도 내게 도움이 안 되니까 아무 말도 하지 마!"

내가 이리도 강퍅해졌다. 마음만큼이나 표정도 행색도 피폐해졌다. 언젠가 늦은 밤에 서울역 근처에서 트럭 옆에 쪼그려앉아 고양이 밥을 주고 있는데, 지나가던 한 노숙인 남자가 손을 들어 한곳을 가리키며 일러줬다.

"저 앞에 여자 숙소 있어요. 거기서 주무세요."

그의 친절한 마음이 고마운 한편, 내가 노숙인으로 보인데에 나는 좀 충격을 받았다. 밥과 물을 담을 그릇들과 사료가 든 허름하고 큼직한 가방들이며 뒤축을 구겨 신은 운동화며, 낡은 추리닝 바지……. 질끈 묶은 머리는 또 얼마나 부스스할 것이며 얼굴에는 피곤이 얼마나 덕지덕지 묻어 있을 것인가. 새삼 내 행색이 돌아다 보이며 반성이 됐다. 아무리 시간에 쫓겨도 이런 모습으로 살아서는 안 된다. 고양이한테도 예의가 아니다. 뭇 캣맘의 위상을 위해서도 단정하게 차리고 집을 나서자. 나를 방기하지 말자! 그 결심을 실행한 게 사나흘인가, 또 추레한 모습으로 허둥지둥 나가는 나다.

많이 기다리게 했다고 칭얼대는 우리 동네 고양이들을 먹인 뒤에 남산도서관에 가서 이틀치 밥을 놓고 돌아오는 길이었다. 다리는 천근처럼 무거웠고 마음도 무거웠다. 얼른 책상 앞에 돌아가 또하나 원고를 써야 했다. 여덟시부터 고양이 밥 주러 나가야 하는데, 그 안에 쓸 수 있을까. 나는 쓸 수 있다! 왜냐하면 써야만 하니까!

혼자 이런저런 생각을 하며 바삐 발을 옮기는데, 흘깃 귀에 들어오는 말이 덜미를 스윽 잡아당겼다. 얼핏 늙수그레한 아주머니 셋과 아저씨 하나를 지나쳐온 듯했다. 그들은 터덜터덜 걸어오는 나를 지켜보며 수군거리는 참이었나보았다. 좋은 말이 아니었는지 아주머니들은 예의 바르게 목소리를 낮췄는데, 아저씨는 나 들으라는 듯 높은 목소리였다.

"저런 여자들은 말이에요, 무시해서 하는 말이 아니라, 한마디로 팔자소관이에요!"

설마 알지도 못하는 사람인 지나가는 여자한테 이런 여자니 저런 여자니 할 리가 없어서 나와 무관한 얘기려니 생각하려 했지만, 아무래도 내 얘기였다.

아, 또 내가 허름한 차림으로, 게다가 폭삭 지친 얼굴로 다니니까 저런 말을 하는구나. 나는 그들을 모르지만 그들

중 한둘은 내가 동네방네 고양이 밥 주고 다니는 이웃 동네 여자라는 걸 아는 것 같았다.

팔자소관이라, 피식 웃음이 나왔다. 저 사는 꼴도 시원찮아 보이는데 고양이 밥 준다고 흉을 보던 참이었을까. '무시해서가 아니라'는 청자인 내게 일종의 사과를 표하는 말인데, 저 아저씨가 하고자 한 표현이 아닌 것 같아. 뭐가 정확한 표현일까……. 그 아저씨의 마음을 짚어보며 머리를 굴리다가 집어치우고 생각을 정리했다.

무슨 말이든 마음대로 하세요! 고양이 밥 주지 말라고만 하지 마세요!

길고양이에게 한끼 먹이러 다니는 사람들은 버려진 고양이나 병 걸린 고양이, 사고나 사람의 해코지를 당한 고양이를 보게 되지 않을 수 없다. 그런 특수 상황에 더해 곳곳에 잠복한 고양이 밥을 못 주게 하는 사람들! 그들은 캣맘증후군이라 할 수 있는 만성피로와 만성우울증의 주범이다.

아, 아무때라도 고양이 밥을 놓을 수 있는, 게다가 눈도 비도 피할 수 있는 장소를 발견할 때의 행복감이라니! 마음이 환히 밝아지고 몸조차 가뿐해진다.

우리 동네 한 골목의 자동차 밑이 내게 그런 곳이었다. 그 자동차는 일요일에만 움직이고 내내 그 자리에 있었다. 지나 다니는 사람도 드문 천상의 밥터였는데, 2년여의 평화가 깨졌다. 어느 날 갑자기 한 할머니가 긴 빗자루를 들고 다니며 밥그릇과 물그릇을 싹싹 치워버리기 시작한 것이다. 낮에도 밤에도 그러고 다니셨다. 자정쯤에 밥을 주고, 시계 알람을 새벽 다섯시에 맞춰 그릇 치우러 나가고, 완전히 삶이 파괴될 지경이었다. 한 동물사랑 카페에 고민을 호소했더니 어떤 이가 할머니께 이리 말씀 드리라고 일러줬다.

'사실 날도 얼마 안 남았는데, 저승길 편하시려면 동물한 테 모질게 하지 마세요.'

차마 그럴 수야 없고, 드릴 말씀을 나대로 마련했다.

'아무리 치우셔도 나는 계속 줄 수밖에 없어요. 그러니 할 머니가 하시는 일은 나를 괴롭히는 효과밖에 없어요. 그게 목적이라면 계속 치우세요. 나는 계속 줄 거예요!'

결연히 결심했는데, 할머니를 통 만날 수 없다. 그릇만 계 속 사라질 뿐이다. 그런데 요새는 사나흘에 한 번쯤 치우지 않기도 하시니, 어쩌면 내 처절한 심정이 그분에게 가닿았는 지 모르겠다.

란아, 애틋한 우리 장녀

오랜만에 친구네서 늦도록 놀고 폭삭 지쳐 한숨 잔 뒤 늦은 아침에야 집에 돌아왔다.

우리 란아, 하룻밤 비웠더니 아주 살판이 났었구나. 발톱 긁개들이 흩어져 있고, 서랍장 위에 놓아준 깔개가 바닥에 떨어져 있다. 요놈들, 언니가 왔는데 나와 보지도 않니?

야옹이들은 침대에 널브러져 자고 있었다. 눈도 뜨지 않고 꼬리만 움직여 토닥토닥 이불을 치는 것으로 인사를 차리는 보꼬한테 볼을 부비는 나를 주시하는 란아. 내가 저한테도 그럴까봐서 달아날까 말까 망설이는 눈치다. 뭐, 잽싸게 달려들면 못 잡을 바도 아니지만 치사해서 그냥 자리를 떴다. 어째 10년을 넘게 함께 살아도 그리 곁을 안 주고 새침한지. 그게 우리 란아 매력이라지. 그래도 이제는 내가 저를 조심스레 피해 한 침대에 눕는 걸 봐주기도 한다.

전에는 란아가 침대에 있으면 나는 방바닥에서 잤다. 란
아님이 내 침대에서 주무시는 것이 그저 황송했었지. 내 침
대? 아니, '우리' 침대지.

란아는 독립심 강하고 호기심 많고 장난 좋아하는 천생
고양이다. 야성이 살아 있지만 기질이 온순하다. 야성이라고
는 약에 쓰려야 없으면서 은근히 성깔 있는 보꼬와 정반대
다. 약 먹이기, 목욕시키기, 병원 데려가기, 전부 란아가 보꼬
보다 훨씬 수월하다.

예컨대 보꼬는 병원에 데려가면 호랑이가 돼서 수의사한
테 포악을 떠는데, 란아는 새색시처럼 얌전하다. 지난 3월에
큰마음 먹고 야옹이들 건강검진을 받았는데, 보꼬는 결국
오줌 검사는 포기해야 할 정도로 성질을 부려 의사 선생님
한테 미움을 샀고, 란아는 호감 속에서 모든 검사를 순하게
마쳤다. 엄청 동안이라는 칭찬까지 듣고. 그런데, 열두 시간
을 물도 못 마신 뒤 강제로 다리가 벌려진 채 오줌을 뽑히는
건 아주 불쾌한 고역일 테다. 그 검사도 가능할 정도로 란아
가 순한 것이다. 실패한 오줌 검사의 뒤끝으로 보꼬는 일주
일 넘게 다리를 절었다. 보꼬야, 미안해.

란아가 방어적인 공격성조차 없는 건 어쩌면 어려서 사람한테 무서운 일을 당해서가 아닐까. 그 생각을 하면 가슴이 저린다.

란아는 내가 전에 세 살던 집의 옥상에서 태어났다. 나는 그 집의 옥탑방에 살았는데, 뜰에서 만난 고양이들한테 술자리에서 싸온 닭튀김 같은 걸 주곤 해서인지, 어느 날부터 한 고양이가 옥상에 처음에는 직장처럼 다니더니 아예 터를 잡아 새끼들을 낳아 길렀다. 그 새끼고양이들 중 하나가 란아다. 12년쯤 산 그 집에서 보낸 마지막 12월 31일 밤이 간간 떠오른다.

옥상에서 모닥불을 피우고 친구들과 파티를 하고 있었다. 맛있는 냄새가 나서인지 란아 엄마 형제들과 가을에 태어난 란아 형제들이 주위에 옹기종기 모여 구경하고 있었다.

드디어 제야의 종이 울릴 시간이 되어 우리는 새해 인사를 나누는 참에 "야옹이들아, 너희도 새해 복 많이 받아라!" 외쳤다. 그 축복 인사를 들은 고양이들이 겨울이 지나자마자 남김없이 참혹한 일을 당했다.

갑자기 집주인이 바뀌었는데, 새 집주인이 고양이들을 박멸하자고 처음에 한 일은 옥상 구석구석에 락스를 들이붓는 것이었다. 무력하게 신경이 곤두서 있을 때 창 밑에서 바스락거리는 기척이 느껴져 내다보니 새끼고양이 한 마리가 처마 위에서 무슨 구멍을 들여다보고 있다가 당황한 얼굴로 나를 쳐다봤다. 그것이 란아와의 첫 맞대면이었다.

새 집주인은 열흘도 안 되는 새에 그 집에 드나드는 모든 고양이를 포획해 어딘가로 보냈다. 나중에 알고 보니 양주에 있는 동물구조협회였다. 영역 동물인 고양이들이 포대에 담겨 차에 실린 채 죽음이 기다리는 멀고도 먼 곳으로 거칠게 옮겨진 것이다.

어렵사리 찾아간 거기서 내가 알아보고 찾을 수 있었던 유일한 고양이, 란아. 올가미에 목이 대롱대롱 매달린 채 이동 장에 넣어졌었지.

반려동물을 키울 처지가 아니라서 엄두가 나지 않았지만 운명처럼 란아를 받아들였다. 그 좁은 옥탑방에서 란아랑 나는 서로 무서워하며 지냈다. 그 와중에도 내가 걸레질을 하느라 엎드려서 지나가면 철장 속에서 발을 내밀어 내 머리칼을 잡아당겼지. 그즈음 숟가락 하나 더 놓는 셈치고 둘째로 들인 고양이, 그늘 한 점 없는 보꼬가 란아와 나를 가까워지게 하는 데 큰 몫을 했다.

함께 산 지 1년이 지난 어느 날, '그래, 죽여라, 죽여!' 무서
움을 무릅쓰고 처음으로 란아를 덥석 안았지. 뜻밖에도 란
아는 가만히 안겨 있었다.

란아, 애틋한 우리 란아…….

비일상으로의 탈주

기온이 뚝 떨어져 방 공기가 싸늘해지니 뭐랄까, 원초적 공포와 불안이 나를 포박한다. 글쎄, 보일러쯤 펑펑 틀고 살아도 될 형편이라면 좀 달랐을까? 그렇다면 '원초적'이 틀린 수사이겠다만, 아주 어릴 때부터 추위는 나를 기죽였다. 그런즉 겨울을 예고하는 이맘때는 내게 삶의 변화를 도모하기는커녕 마비된 듯 웅크리게만 만드는 시기다.

글쎄, 곰곰 생각하니 한차례 날씨가 풀렸다가 다시금 급 강하하는 다음번 추위는 좀 견디기 괜찮았다. 아, 그랬었지! 그 기억이 돌변한 날씨를 견딜 만하게 한다. 올해 태어난 길고양이들과 비둘기들은 가엾게도 어찌할 바를 모르고 오들 오들 떨고만 있겠지.

이 시간을 잘 견디렴. 그러면 더 혹독한 추위도 덜 고통스 럽게 넘길 수 있단다. 뭐, 우리 좋으라고 그런 건 아니겠지만,

자연의 고마운 변화 패턴이다.

내 나이를 추상화하자면, '나이'라는 것 자체가 추상인 듯
도 싶지만, 겨울을 코앞에 둔 이맘때라 할 수 있겠다. 변신
욕망이나 새로운 삶에의 의욕이 샘솟는 건 축복받은 유전
자를 타고나 언제까지고 에너지 넘치는, 가령 피카소같이,
아주 드문 경우이고 대개 삶의 추위에 망연할 나이. 글쎄,
글쎄, 글쎄, 라고만 우물거릴 나이. 아니, 힘을 내보자! 라고
만'이 아니라 '라고는' 웅얼거릴 나이. '글쎄'는 아직 여지가
있는 감탄사 아니던가?

언감생심이었건만 최근 선물처럼 주어진 변화가 있다. 시
는 어쩔 수 없이 삶의 영향을 받는 법인데, 길고양이들 밥 먹
이기에 기력을 다 뺏기다시피 하면서 매일을 여일하게 지낸
요 몇 년은 거의 길고양이에 대한 시만 썼다. 나도 신물이 날
정도니 보는 사람은 오죽 지겹겠는가. 변화가 절실했지만 길
고양이의 생존이 걸린 일이니 내 삶에서 그들을 내보낼 수
는 없고.

영 벗어날 수 없을 것 같았던 답보 상태에서 드디어 벗어
난 것 같다. 이 믿기지 않는 변화는 한 문화재단에서 발행하

는 월간 홍보지의 1년 연재를 맡으면서 촉발됐다.

몇 장의 사진 파일을 받아보고 그중 하나를 골라 그를 배경으로 시를 쓰는 지면인데, 틀에 박힌 내 일상과는 동떨어진 그 사진에 몰두하며 나는 저 깊숙한 곳에서 말라비틀어져가던 '시혼詩魂'을 촉촉이 적셔 깨울 수 있었다. 사소한 것이 인생을 변화시킨다!

우리가 열망하는 건 아마도 존재의 변화가 아니다. 그대로 시들어가는 자기 존재를 되살리는 것이다. 막다른 곳에서 쳇바퀴처럼 도는 지루한 일상이 숨통을 막을 때 우리는 변신 욕망을 갖게 된다. 일상의 패턴을 바꿔서 그 충격으로 삶이 꿈틀, 움찔, 달라지기를 기대하는 것이다.

그래서 어떤 이들은 유럽이나 히말라야로 떠나고, 새로 공부를 시작하고, 직장을 그만둔다. 그리고 어떤 이들은 로또를 사거나 게임에 빠지거나 과도하게 바람을 피우거나 하는데, 가끔 그래줘야만 숨을 쉬고 살겠는, 비일상으로의 탈주라는 점에서 그것도 '헛짓'만은 아니다.

새들、

해방촌에 와서 죽다

오후 세시 사십분. 비가 올 듯 흐린 하늘. 맞은편 건물 지붕에 비둘기 한 마리가 앉아 있다. 양 죽지를 옹송그리고 고개를 폭 수그린 채 네 층 아래 길바닥을 내려다보면서. 두시간 전에는 열일곱 마리였다. 어쩐지 그들이 내가 사는 옥상을 바라보고 있을 것 같아서 눈이 마주칠세라 얼른 고개를 돌렸다.

헤아려보니 딱 두 주 전이다. 비둘기 밥을 절대 주지 않겠다고 굳게 마음먹은 것이. 그 전날 밤 집에 들어오다가 내가 사는 건물 현관 벽에 붙어 있는 큼지막한 경고문을 본 것이다.

'비둘기 먹이, 고양이 먹이 주는 것을 자제합시다.'

운운. 꽤나 자제해서 정중한 말투였지만, 맨 밑줄에 적힌 '건물 주인'. 충분히 위협적이었다.

경우 바르고 인정도 없지 않아 바람직한 집주인이지만 동물을 좋아하지 않는다고 익히 알고 있었다. 그 경고는 나를 겨냥한 게 분명하니, 다른 동네에 살아서 얼굴 볼 일도 거의 없는 그이에게 누군가 일러바쳤나보다. 아니면 그날이 일요일이었으니 마침 들렀다가 현장을 목격한 걸지도 모른다.

고양이 낮밥을 돌리러 집을 나서자마자 여느 때처럼 비둘기들이 나를 향해 날아왔고, 마침 비어 있는 대문 앞에 모이를 뿌려줬었다. 다른 때는 이웃한 교회 담 밑을 7~8미터 걸어가서 담을 따라 길게 뿌려줬었는데, 예배 시간이라서 거기 줄줄이 자동차들이 세워져 있었던 것이다.

떼 지어 내리꽂히는 비둘기들을 뒤에 두고 가면서 집 앞에 두어 사람 서 있던 게 마음에 걸렸었다. 그중 한 사람이 집주인이었을까. 그다지 궁금하지는 않다. 생각을 사로잡는 건 이제 비둘기 밥을 주면 안 된다는 엄연한 현실.

드디어 비가 온다. 창밖을 내다보니 그 비둘기, 추적추적 비를 맞고 있다. 등은 짙게 어두운색이고 앞가슴과 배와 다리가 하얗다. 다행히 통통해 보인다. 작은 고양이만큼 큰 비둘기다. 고개를 갸웃이 기울이고, 무엇을 기다리는 듯도 하고 우두망찰하는 듯도 하다. 다시 내다보니 날아가고 없다. 텅 빈 초록 지붕이 비에 젖고 있다.

오후 네시 오십분. 맹렬한 더위가 그제부터 숙어져 지금은 공기가 자못 싸늘하다. 더위가 아주 가지는 않았을 테지만, 빗소리와 더불어 차가운 비 기운이 몸속에 기어들며 겨울을 향한 공포가 암담하게 밀려온다. 아직 8월인데!

결국 올 것이 왔다. 늘 시한폭탄을 안고 사는 기분이었다. 큰 봉변을 당하지 않고 이쯤에서 정리하게 된 게 다행이라면 다행이다. 길고양이 밥을 주는 사람들에게 비둘기들은 큰 고통거리다. 처음에는 동정심에서 먹을거리를 던져주던 사람에게 이내 후회막심할 일이 생기는 것이다. 열 고양이 먹을 사료를 순식간에 먹어치워 고양이들 배를 곯게 하는 것도 속상하지만, 먹는 것보다 싸는 것이 문제다.

비둘기가 많은 동네에서는 전깃줄 아래 차를 세우지 마시오! 잭슨 폴록의 아틀리에 바닥이 이럴까. 자동차 정비소 바닥이 이럴까. 한 전깃줄 아래 상시 주차하는 자동차는 질질 흘러내리고 흩뿌려진 비둘기 분변으로 뒤덮여 차마 눈뜨고 볼 수 없었다. 지나갈 때마다 물티슈로 닦아내는 것으로는 당해낼 상황이 아니었다.

"고양이 밥 다른 데 주면 안 돼요? 고양이들이 밥 먹는 건 좋은데, 이게 뭐예요?"

차 주인은 아주 점잖은 양반이었다. 내가 쩔쩔매면서 세차비를 주겠다고 하자 거절하며 그는 말했다.

"이 꼴 좀 보세요. 세차하러 가는 길에도 얼마나 창피한지 몰라요."

과연 그랬겠다.

"비닐 커버를 씌우면 어떨까요? 커버를 구해드릴게요."

내 제의에 그는 쓴웃음을 지으며 고개를 저었다.

"그러면 그 커버는 벗겨서 어떻게 해요? 비둘기 똥 범벅인 커버를요."

맞는 말이었다. 자정이 지난 시간에 우연히 마주친 그는 초면인 내게 별렀던 말을 꺼냈지만 끝내 원하는 대답을 듣지 못하고 한숨을 쉬며, "들어가 쉬세요"라는 인사로 말을 맺고 발길을 돌렸다.

정말 좋은 사람이다! 그에 대한 고마움과 그의 차에 대한 걱정, 그리고 이러다가는 고양이 밥도 못 주게 되겠다는 경각심으로 나는 비둘기들을 다른 장소로 유도할 방안을 짜내고 실행했다.

거주자가 수시로 바뀌는 듯한 임대주택과 큰 저택의 담벼락 사이로 난 계단 길. 고양이 밥 경로에서 벗어나 십여 분 더 걸리고 서른 개 남짓한 계단을 올라다녀야 하지만, 지나다니는 사람도 드물고 누가 애착을 가질 공간도 아니어서 비둘기들 모으기에 맞춤했다.

좋았다, 한동안은. 과연 비둘기들이 대기 장소를 바꿔 그 가엾은 자동차는 분변 테러로부터 벗어난 듯했다. 아주 좋았다, 어느 날 문득 계단 옆 한구석에 세워진 자동차 지붕을 내려다보기 전까지는.

봉변逢變을 부를 봉변逢便이었다. 고개를 들어보니 그 위에 전선이 지나가고 있었다. 길을 돌아가는 고생을 할 보람이 없어졌다. 그다음에 생각한 묘책이 교회 담 밑에 쌀을 뿌리는 것이었다. 쌀은 잘아서 먹는 데 시간이 걸리기 때문에 내가 첫 고양이 밥을 놓을 때까지 비둘기들이 쫓아오지 않는다. 그런데 언제부턴가 열 마리 남짓 비둘기가 내 쌀 투척에 아랑곳없이 나를 따라오는데, 그러고 보니 언젠가부터 비둘기가 부쩍 늘었다. 스무 마리 정도였는데 쉰 마리는 돼버린 것이다. 그 쉰 마리가 모두 한 무리는 아닌가보다.

다시 슬슬 조마조마해졌다. 눈치도 더럽게 없는 비둘기들이 누가 있거나 말거나 희희낙락, 양손에 무거운 보따리를 들고 허덕허덕 비탈을 오르는 늙수그레한 여인네를 에워싸고 춤을 추니 그런 진풍경이 없다.

글쓰기를 멈추고 청소기를 돌리다보니 해가 나고 있다. 차분하고 깨끗한 저녁 햇살이다. 이제 야옹이들 밥 주러 나갈 시간이 다가온다.

내가 낮에도 밥을 주는 곳은 네 군데다. 그런데 두 주 동안 낮밥을 거르고 있다. 비둘기를 피하려면 그 수밖에 없었다. 새끼고양이와 아픈 고양이가 몹시 마음에 걸렸는데, 고맙게도 멀쩡한 얼굴들로 발랄하게 나를 반겼다. 어쩌면 이참에 낮밥 타임을 아주 없앨 수도 있겠다.

하긴 그동안도 내가 고생고생 돌린 낮밥을 비둘기들이 다 먹어치웠을지 모른다. 우리 동네 고양이들은 순해 터져서 비둘기들이 전혀 무서워하지 않는다. 밥을 다 돌리고 돌아오는 길에 비둘기들이 맹렬히 고양이 밥그릇을 쪼는 걸 볼 때가 있는데, 한옆에서 고양이들이 멀뚱멀뚱 구경하는 꼴에 욕이 절로 나왔다.

"이놈들아, 고양이가 돼갖고 비둘기 하나 못 이기니?"

물론 고양이가 비둘기를 해치는 걸 바라지는 않는다. 그저 제 밥을 지켰으면 싶은 것이다. 일이 그렇게 돌아가니 비둘기들이 내가 자기들 밥을 주는 걸로 오해했나보다. 그래서 나만 보면 버선발로 반기며 몰려오기 시작했던 거다.

한 마음 고운 아주머니는 "엄마 왔다고 쫓아다니네" 하시며 환하게 웃으시곤 했는데, 그때마다 누가 들을세라 나는 손사래 치며 강변했다.

"저 비둘기 밥 안 줘요!"

아, 나는 이제 진짜 비둘기 밥을 주지 않는다. 그러기로 결심한 첫날은 날 저물 때까지 바깥에 나가지 않으려고 했는데, 오후 네시쯤 외출할 일이 생겼다. 가슴 두근거리며 현관문을 밀고 나가자마자 왼쪽으로 홱 방향을 틀어 걸음을 재촉했다. 등뒤에서 비둘기떼가 꾸르륵 푸득거리며 바짝 쫓아오는 소리가 들렸다.

모르는 척하고 한 걸음 두 걸음 세 걸음 다섯 걸음 열 걸음 스무 걸음 서른 걸음을 옮기며 계단을 내려가 좁은 골목쟁이에 들어서기까지 머리 바로 위에서 마흔 마리도 넘을 비둘기들이 쫓아왔다. 마침 젊은 여자와 어린 여자애가 마주

오고 있었다. 여자애가 과장스럽게 숨을 들이쉬며 즐거운 듯 외쳤다.

"와, 비둘기 회오리다!"

비둘기 한두 마리만 봐도 머리 위에 손을 얹고 비명을 지르는, 여학생이 부지기수인데 어찌나 대견하던지!

"그래, 비둘기 회오리지?"

내가 웃으며 맞장구치자 젊은 여자는 어정쩡하게 웃는 얼굴로 중얼거렸다.

"웬 비둘기가 이렇게 많지? 어디 누가 밥을 줬나봐."

나는 못 들은 척 지나왔다. 비둘기들 배고프겠다, 배고프겠다. 하지만 이제 못 줘. 한창 따뜻한 계절에 제 살길을 찾게 해야 해. 제힘으로 살아야 해.

위안이라면, 내가 그들을 다 먹여 살릴 만큼 충분한 밥을 줘 오지는 않았다는 거다.

그날 밤 쓰레기를 버리러 예의 그 저택 담벼락 계단 밑에 갔다가, 오는 길에 설핏 길바닥에 달라붙은 낡은 담요 조각 같은 걸 보았다. 그것이 비둘기 사체인지 나는 감히 살펴보지 못했다. 둘째 날 밤에는 교회 담 아래 차에 치인 듯한 비둘기 사체 하나가 있었다. 내 눈에 안 띄는 다른 곳에도 비둘기가 죽어 있을지 모른다. 이제 비둘기한테도 죄를 짓는구나. 이 죄를 어떻게 감당할까.

　내 죄책감 따위 아무 문제가 아니다. 어떤 비둘기는 한 번도 제힘으로 먹이를 구해본 적이 없을지도 모른다. 그런데 갑자기 내게 영문 모르게 저버려져 굶주리는 것이다. 셋째 날 낮에 마을버스를 타러 저택 방향으로 내려가는데, 열댓 마리가 잠깐 망설이다가 나를 쫓아왔다. 그들은 다 기억한다는 듯이 계단에 내려앉았지만 내가 외면하고 지나치자 다시 날아와 내 머리 위를 빙빙 돌았다.

　나는 한 건물 차양 아래 바짝 붙어 서서 꼼짝도 하지 않았다. 그러자 그들은 돌아갔다. 드디어 이제는 나를 봐도 발만 달싹거릴 뿐 쫓아오지 않는다. 스물댓 마리 정도는 여전히 맞은편 건물 지붕 위를 지키고 있다. 눈짓만 해도 달려오겠지.

　비둘기 한두 마리가 햇볕 속에서 천천히 땅을 살피며 걸음을 옮기는 정경은 얼마나 평화로운가. 네댓 마리도 마찬가지다. 글쎄, 열 마리까지도? 그런데 스무 마리가 넘어, 마흔 마리 쉰 마리가 되면 우리는 왜 압박감을 느끼는 걸까? 이

압박감은 정상적인 반응일까? 비둘기가 세균덩어리라는 둥 사악한 뉴스를 방송에서 내보낸 영향이 클 것이다.

오래도록 몸을 씻지 못한 사람을 욕조에 담그면, 그 백배는 더 균이 녹아나올 것이다. 비둘기 담아뒀다가 건져낸 물을 마시게 하지 않은 다음에야 비둘기가 더럽든 말든 사람에게 무슨 상관이란 말인가. 비둘기한테 병 옮아 죽었다는 얘기 한 번도 못 들어봤다. 대찬 환경보호자라면, 비둘기도 같이 살아야지요, 그냥 치우고 닦으면서 사세요, 할 수도 있으련만.

무슨 좋은 수가 없을까 해서 인터넷에서 '비둘기'를 검색해보니 '비둘기 퇴치', 심지어 '비둘기 청소'라는 끔찍한 말이 많이 보인다. 하긴 이 세상에는 '인종 청소'라는 말도 있지. '한국야생조류보호협회' 사이트를 알아냈다. 그런데 어쩐지 비둘기는 그 협회에서 보호하는 '야생조류'에서도 소외돼 있을 것 같다. 어디에도 비둘기 편은 없다.

비둘기를 '닭둘기'라 부르는 사람도 있다. 미국에서는 '쥐둘기'라 불린다지. 자기가 하는 말이 자기를 반영하는 줄 모르나보다. 비둘기가 변만 가릴 줄 알면 사정이 훨씬 좋아질 텐데. 하긴 미움에 찬 사람들에게는 아무래도 마찬가지겠지.

이 동네에서, 비둘기가 모여 앉아 있는 데를 향해 속도 높여 돌진하는 운전사도 봤고, 누군가 비탈 찻길 한가운데 뿌려둔 쌀도 보았다. 그 자리에는 어김없이 비둘기의 처참한 죽음이 있었다. 이것이 서울이다. 다른 나라 도시인들 역시 비둘기 때문에 골치를 앓는다지만, 버젓이 이런 짓을 하지는 못할 테다. 그들은 사람을 비롯한 세상 모든 것에 대한 미움을 아무도 편들어주지 않는 약자, 비둘기에게 푸는 것이다. 구역질나게 추하고, 비열하게. 그래도 그들은 제 손으로 먹이던 비둘기를 하루아침에 굶기지는 않았지. 비둘기들아, 부디 야생을 찾으렴!

후배가 권한 『문버드』를 읽었다. 아름다운 책이다. 문버드는 110그램의 몸으로 번식지에서 월동지까지 1만4천 킬로미터를 1년에 두 번씩 날며 최소 스무 해를 산 '비범한 새', 한 붉은가슴도요의 별명이다.

후배는 '하늘에 8일이나 떠서 8천 킬로미터를 논스톱으로 나는 새도 있다'는 붉은가슴도요 생태에 대한 매혹을 공유하고 싶은 마음도 있었겠지만, '붉은가슴도요의 강함은 바로 이런 강함이다. 철새에게 비행은 도전이 아니라 힘겨운

일상이며 생존을 위해 버텨야 할 강제적인 운명이다.' 바로 이 구절을 내게 읽히고 싶었던 듯하다. 길고양이와 비둘기들의 야생에 깊이 관여하지 말라고, 그들에게 야생을 돌려주고 나도 좀 풀려나라고.

뜻은 고맙지만, 길고양이와 도시의 비둘기는 이미 사람과 더불어서만 살 수 있게 돼버리지 않았나. 넉넉잡아야 반만 야생인 것이다.

전에는 상점이었던 공간이 근래 젊은이들의 공방과 공부방으로 많이 바뀐 동네 시장에 갔다가 두 청년이 난감한 얼굴로 비둘기 한 마리를 앞세우고 천천히 걸어오는 것을 보았다. 이제 갓 청소년이 된 비둘기였다. 깃이 많이 뜯긴 듯 날지 못하고 파닥거리며 종종걸음으로 시장을 가로질러왔다. 밤이 깊어가는데 시장 안에 다친 비둘기라니. 아마 그 비둘기도 굶주림에 혼미해져서 사람에게든 동물에게든 해를 당했나보았다.

2미터쯤 앞에 있는 한 출구를 향해 고양이 사료 한 줌을 뿌려주니 제 닥친 불행과 처지를 잊은 듯 정신없이 쪼아 먹었다. 그걸 그냥 놓아두고 온 것이 두고두고 후회된다. 아마 그 한밤도 무사히 지나지 못했을 것이다.

붉은가슴도요처럼 사람을 매혹시켜 어떻게든 보존하게 만드는 삶이 있고, 도시의 비둘기처럼 천대받고 갈수록 비루해지는 삶이 있는 것 같다.

비둘기들아, 나라고 처지가 다르지 않단다. 그것이다. 내가 너희를 저버릴 수밖에 없는 가장 큰 이유는.

내 삶이 도시 비둘기 같다고 느낄 때면 문득 내가 너무 오래 살았다는 걸 깨닫는다. 아무튼 비둘기는 그렇게 살아갈 수밖에 없는 것이다. 이유 모르게 죽어 있는 비둘기 사체를 해부해보니 위장에 잔돌이 가득차 있더라는 얘기가 생각난다. 너무 배가 고픈데 당최 먹을 걸 찾을 수 없어 돌을 주워 먹었던 거다.

요새 안 사실인데, 비둘기는 새끼에게 젖을 먹여 키우는 새라고 한다. 그 비둘기도 아기였을 때 엄마 젖을 먹었겠지. 꾸르륵꾸르륵 달콤한 소리를 내면서.

그동안 세 번, 한밤에 쓰레기 버리러 갔다가 계단에 몇 줌 쌀을 뿌려두었다. 이른 아침에 비둘기들 먹으라고. 먹긴 먹었을까. 내가 잘하는 짓일까. 모르겠다. 모르겠다.

다
행
한

나
날
들

이럴 수가 없다 싶게, 너무하다 싶게 끔찍한 추위다. 상종 못할 추위다. 학대받는 기분으로 잔뜩 위축돼서 몇 날을 보내다 어제 낮에는 다소 날씨가 풀려 모처럼 기를 펴고 외출을 했다. 마감을 일주일 넘긴 원고에 말미 받은 이틀 중 남은 하루였기에 다짜고짜 그 일에 달려들어야 했지만, 그럴 참이었지만, 이웃 아주머니의 긴급한 전화를 받고 나서지 않을 수 없었다.

　"내가 허리가 아파서 도저히 혼자 못 내리겠어요."

　나보다 네 살 많은 그이는 다세대주택의 3층에 산다. 잠깐 다녀올 생각이었는데, 시간에 여유가 있는 그분은 내 속을 모르고 유유히 단장을 하시다가 체중계를 꺼내 가방들 무게를 달아보며 이것저것 넣다 뺐다 하시다가 어디 전화를 하시다가 집안을 살펴보셨다. 뉴질랜드에 사는 따님의 산후조리를 위해 몇 달 집을 비울 예정으로 떠나니 꼼꼼히 챙겨 살펴 시기는 해야 할 터였다. 그래도 내게 얼른 와달라 해놓고는 많이 느긋하시구나.

한 시간 가까이 초조하게 서성거리다가 급기야 나는 먼저 짐을 내리고 있겠다고 했다.

"안 돼요. 혼자 못 내려. 같이 해요."

"괜찮아요. 잘 챙기고 내려오세요."

가방 하나는 33킬로그램이고, 다른 하나는 12킬로그램이 었다. 작은 가방은 거뜬히 옮겼지만, 큰 가방은 이유식 먹던 힘을 다해 옮겼다. 힘든 와중에 바퀴가 부러지면 어떡하나 걱정하면서.

아주머니는 병약한 사람, 키 작고 마른데다 여러 병을 앓 고 있는 사람이다. 아마 작은 가방 하나 계단에서 내리기도 힘드셨을 테다.

조리를 받아야 할 사람이 조리해주러 가다니 참 엄마 노 릇이라는 게 그런 건가. 그 몸으로 몇 차례나 이 가방들만 큼이나 무거운 물건들을 사고 싸고 날라서 우편으로 부쳤다 한다.

다행히 아주머니는 곧 뒤따라 내려오셨다. 역시 다행히 금방 택시가 왔다. 그런데 많이 다행한 표정의 아주머니가 내겐 불행한 기대를 하고 계셨다. 서부역에 있는 공항철도까지 동행해주리라는.

완전 상거지 꼴로 거기를?

"다른 날이랑 같은 모습인데, 뭘."

"아휴, 그건 동네 다닐 때고요."

"괜찮아요."

에고, 아주머니는 괜찮으시겠죠.

몰골도 몰골이지만 시간 때문에 더 착잡했다. 하지만 문인 사정을 민간인에게 알리고 싶지 않았고, 알려봤자 이해 못할 것이었고, 무엇보다도 택시에서 내린 뒤 그 짐을 아주머니 혼자 감당 못할 것이었다.

그 옛날에는 시장이나 기차역에 직업으로 짐을 나르는 이가 있었는데, 요즘은 어떤가 모르겠다. 직업 창출을 위해서도 '짐꾼'을 활성화하면 좋으련만. 아주머니는 당신같이 병약한 사람도 마음먹으면 옮기는 무게니 나같이 건장한 사람에게는 그리 힘든 일이 아니라 생각하실지 모르겠는데, 흑흑 아주머니, 당신에게 더해진 모정의 괴력이 제게는 없답니다.

아무튼 아주머니의 하염없는 고마움과 미안함과 새록새록 더해가는 우정의 곡진한 세례를 받으며 작별 인사를 나눈 뒤 집에 돌아왔다.

사실 그전 날도 아주머니에게 많은 시간을 썼다. 아리따운 선인장 세 분을 맡으러 한밤에 방문했는데, 짐을 꾸리느라 더 파리해진 얼굴로 아주머니가 가지고 갈 대추의 씨앗을 빼는 일을 도와달라고 하셨다.

"난 오늘, 밤을 새워야 해요."

"아, 저는 급히 써야 할 글이 있어서 같이 밤을 새우지는 못하고요. 두 시간만 있을게요."

"그럼요, 그럼요! 고마워요!"

그렇게 시작한 일이 아주머니가 대추씨를 빼다가 칼에 손가락을 베는 바람에 대추씨 빼기에 이어 마늘 한 접, 알밤 한 망을 거의 다 내가 껍질을 벗겼다. 손가락에 쥐가 나고 손끝이 뻣뻣하고 쓰리고, 어찌나 힘들던지!

집에 오니 새벽 세시, 완전 나가떨어졌다. 그런 단순노동이 내 체질에 맞는 듯 재미는 있었는데, 오른손 엄지는 지문이 희미해지고 손톱 끝이 들뜬 채 쿡쿡 쑤시는 게 생인손*

---

* 손가락 끝이 아리다가 끝내는 곪는 부스럼 병.

을 앓을 것 같다.

한 번 하기도 이렇게 힘든데, 매일매일 그 일을 해서 먹고 사는 여인들은 얼마나 힘들지 절절 느껴진다. 겪지 않으면 모를 일이 세상에는 많다.

지난여름에도 겪고 나서 크게 깨달은 게 하나 있었다.

알게 된 지 2년 남짓한 한 친구가 전화를 해서 느닷없이 내게 부탁이 있다고 했다.

"꼭 들어줘야 해."

사람을 사서 보낼 테니 우리 집 도배를 하라는 것이다.

"싫어! 그러잖아도 머리 복잡해죽겠는데 왜 그래?"

"아아, 그래라아, 도배라도 해라아. 도배하면 확 기분이 달라질 거야."

비교적 윤택하게 살아온 그녀는 우리 집에 한 번 온 적이 있었는데, 그때 충격적인 말을 해서 나도 충격을 받았다.

"자기, 얼른 이사해라. 이런 집에서 어떻게 사니?"

"어, 어, 내가 치우지 못하고 살아서 그래. 이 집 처음에는 얼마나 예뻤는데. 치우면 돼."

그녀는 살래살래 고개를 저었다.

"아니야. 이사해야 해. 여기서는 글 쓰기 힘들 거 같아."

"아, 내가 어질러서 그렇다니까. 얼마나 좋은 집인데!"

그녀를 집에 들인 게 후회가 됐다. 그뒤 볼 때마다 하던 이사 타령에 화를 냈더니 도배에 생각이 미쳤나보다.

"나, 할일 많고 시간 없어. 도배할 시간 없어."

"자기가 하나 뭐, 잠깐 집 비워주고 나갔다 오면 끝나 있을 거야."

"고양이들은 어떻게 하고?"

"고양이들은? 음, 작은방에 넣어뒀다가 큰방 도배 끝나면 거기로 옮겨두면 되지."

"내가 어떻게 집을 비우냐? 고양이도 그렇고, 일하는 사람들 시중도 들고 해야지."

생각만 해도 피곤하고 심란했지만, 10년 넘게 방치된 천장과 벽이 어디는 울룩불룩하고 어디는 벽지가 너덜너덜 늘어졌다. 오죽하면 남도 보다 못해 저러는 걸, 내가 참 추레한 인생을 사는구나.

몇 시간 꾹 참으면 깔끔해질 집을 떠올리며 나는 친구의 고마운 제의를 받아들였다. 그런데 그나 나나 도배 무서운 줄 몰랐던 것이었다.

도배할 날이 이틀 뒤로 잡힌 뒤 그 소식을 들은 한 친구가 걱정에 차서 달려왔다. 도배전문가가 될 생각으로 도배를 배운 적이 있는 친구였다.

"내가 이럴 줄 알았어!"

나는 도배하는 사람들이 가구나 살림살이를 이리저리 옮기고 치우며 도배를 하는 줄 알았다. 그래서 고양이만 걱정하면서 태평으로 있었는데, 방을 최대한으로 비워놓아야 한다는 것이다. 도배하기는 이사만큼 힘든 행사라는 것이다.

이사? 내가 끔찍하게 무서워하는 이사!

"이대로라면 그 사람들 백이면 백 그냥 가. 그러면 서로 안 좋고 무슨 망신이니?"

집 안에 꽉 들어찬 살림살이를 둘러보며 나는 엄두가 안 나게 기가 꺾였다. 마침 비 오는 날이 잦은 때, 친구는 준비성 있게 집을 덮고도 남을 비닐을 사 왔다. 그리고 친구의 지시로 나는 흐린 밤하늘을 보면서 100리터 용량과 50리터 용량의 쓰레기봉투를 몇 장 사 왔다.

그새 친구는 팔을 걷어붙이고 책을 꺼내 묶고 있었다. 책을 넣어두기 위해 보일러실에 가득찬 짐을 치웠다. 버릴 것들이 얼마나 많던지.

새벽이 되도록 책을 묶어 옮기고, 이런저런 가구와 물건을 옥상에 내다 쌓았다. 금방이라도 비가 쏟아질 듯 아슬아슬한 하늘 아래 짐 내놓기를 일단락하고, 그 위에 비닐을 덮으며 친구는 보람찬 한숨을 쉬었다.

그뒤 친구가 잠깐 눈을 붙이는 동안에도 나는 열심히 책을 묶어 보일러실로 날랐다. 내가 뭐 하나에 꽂히면 끝을 보는 인간이다. 잠에서 깬 친구는 책이 다 옮겨진 걸 보고는 일 잘한다고 칭찬했다. 흥!

뒤늦게 발동이 걸린 내가 큰방에 남겨진 냉장고와 장식장들과 기타 등등을 걱정하자 그는 이만하면 이 방은 그럭저럭 도배를 할 수 있겠다고 했다. 문제는 작은방이었다. 서랍들만 빼서 옥상으로 내보내고, 침대니 옷장이니 TV 받침대니 책상이니, 덩치 크고 무거운 가구들이 포진하고 있는 것이다.

"이 방은 포기해라."

"무슨 말이야? 이 방 때문에 도배를 결심한 건데!"

"그래도 이래서는 안 해줄 거야. 옮기는 것도 가능하지 않고. 포기해."

"안 돼! 그럼 보이는 부분만이라도 발라달라고 해야지."

"글쎄, 아무튼 못하겠다고 하면 무리하게 요구하지는 마."

나는 시무룩이 고개를 끄덕였다. 친구가 돌아간 뒤에도 나는 낼 수 있는 모든 시간에 방을 치웠다.

드디어 그날이 왔다. 와, 도배하는 데 그렇게 많은 장비가 동원되는 줄 몰랐다. 삼촌 사이인 중년 남자와 청년 남자, 두 사람이 장비를 옮기느라 몇 차례나 계단을 오르락내리락했다. 그들에게 잘 보이고 싶은 속셈도 있어서 나도 옮기는 걸 나름 도왔다.

"힘드셔서 어떡해요. 제가 너무 높은 데 살아서……"

내가 미안해하자 중년 남자가 관대한 미소를 띠고 나를 찔끔하게 하는 말을 했다.

"아주머니들이 왔으면 그냥 돌아갔을 거예요."

우리 란아는 캣타워 꼭대기의 상자에 들어가 있고 보꼬는 작은방에 있었다. 란아를 못 본 체하며 조카와 삼촌은 도배를 시작했다. 솜씨도 능란했고 둘이 호흡도 착착 맞았다. 그런데 조용한 작업인 줄 알았던 도배가 뜻밖에도 소음이 많았다. 나는 야옹이들 걱정에 조마조마했다.

큰방 도배를 거의 마치고 점심식사도 할 겸 휴식시간. 밖에는 부슬부슬 비가 내리고, 그래서인지 한여름 날씨로는 견딜 만한 더위여서 다행이었다.

작업 재개. 조카 되는 이가 캣타워를 밀어 옮기자 숨죽이고 있던 란아가 튀어나와서 그는 화들짝 놀랐다. 작은방으로 뛰어들어가는 란아를 보며 그는 자기도 앞으로 고양이를 기를 생각이라고 말했다. 어쩐지 인상이 좋더라니.

이윽고 작은방 차례가 왔다. 그들이 장비를 들고 들어서자 눈 깜짝할 사이에 보꼬가 튀어나와 열린 현관문으로 달려갔다.

"보꼬야, 보꼬야!"

부르며 쫓아갔다. 보꼬는 현관문 바로 앞에서 오도 가도 못하고 패닉에 빠진 비통한 소리로 울부짖었다. 평소 사람을 무서워하지 않고 배짱 두둑한 고양이라 전혀 걱정 안 했는데, 아니었구나. 가슴이 에었다.

얼른 안아들고 철장에 넣은 뒤 문을 잠가줬다. 그제야 진정이 되는 모양이었다. 진작 그럴걸. 갇혀 있는 게 더 안전한 느낌을 받는다는 생각을 못했다.

란아는 옷장 위에 올라가 몸을 숨기고 있었다. 1년 전이라면 보꼬도 란아를 따라 거기 올라갔을 텐데, 이제는 몸이 둔해져 그러지 못한다. 몸도 날래고 유사시에는 정작 배짱 있는 란아여라.

친구한테 들은 말도 있고 해서 처분만 바라는 심정이었는데, 그들은 묵묵히 작업에 돌입했다.

"이렇게 가구를 치우지 않고 있는 집은 처음이지요?"

면목 없어서 중얼거리자 중년 남자가 덤덤히 대꾸해줬다.

"1년에 한두 번 이런 집이 있어요."

음……, 유구무언. 이런 이들이 도배를 맡아주다니 나는 얼마나 운이 좋은가. 알고 보니 중년 남자의 누이 하나도 나처럼 길고양이에게 밥을 주고 있다고 한다. 그래서 우리 집 도배 같은 내키지 않은 조건의 일을 자기 일처럼 해주기로 마음먹었나보다.

드디어, 도배를 마쳤다. 그는 다소 자랑스러운 얼굴로 집 안을 둘러보면서 "궁전이 됐네요"라고 자평했다.

"그러게 말이에요. 감사합니다!"

도배 전과 도배 후 사진을 길이 남길 만한 작업이었어라.

완전 환한 새집이 됐다.

그들을 보낸 뒤 이틀을 두고 짐을 제자리에 돌려놓고, 일부는 새로 자리를 잡아주고, 대청소를 하느라 어찌나 고되던지 체중이 3킬로그램 줄었다. 그걸 종자 삼아 더 줄여야 했는데, 에잇!

내가 이렇게 주저리주저리 늘어놓는 건, 그때 앓아누울 것 같이 힘들었다는 것, 몸살이 났다는 것, 그리하여 힘든 노동에 대한 그전의 내 무지를 깨달았다는 걸 말하고자 해서다.

무슨 일을 하느라 몸이 다 아프다는 말을 들을 때면 그 사람이 약해서 그런 줄 알았다. 아프도록 힘든 일을 해서인 줄 몰랐다. 세상에는 그렇게밖에 살 도리가 없는 사람들이 적지 않을 것이다. 많을 것이다. 그때 너무 지쳐서 하루이틀 쉰 다음에 마저 정리할 셈으로 제쳐둔 상자 두 개는 아직도 풀지 않고 있는 숙제다.

생각하느니, 나는 참 많은 사람의 선의를 입고 사는구나. 어제 뉴질랜드로 떠나신 아주머니만 해도 그렇다. 그이와 왕래가 생긴 지 두어 달밖에 안 되는데, 내가 강릉에 일이 있던 하루는 이른 저녁에 우리 집 앞에 와 밥을 기다리는 고양이를 챙겨주셨고, 홍게를 너무 많이 샀다며 뜨끈뜨끈 삶은 게 세 마리를 갖다주신 적도 있고, 엄청 맛있는 밥도 사주셨다. 그리고 이번에는 그이의 따님과 같은 도시에 내 친구에게 전할 내 시집 한 권을 맡아주셨다. 순하고 선하고 참 좋은 분인 것 같아서, 먼 이국땅에서 한국말에 목말라하는 친구와 이 참에 알고 지내게 됐으면 하는 마음이다.

그날 저녁, 삼십 분이면 족할 줄 알았던 아주머니의 용건을 두 시간 훌쩍 지나 마치고 집에 돌아왔다. 이제 정말 글 써야지, 생각하며 계단을 올라오는데 내 집 바로 아래층 통로가 축축이 젖어 있어서 고개를 갸웃거렸다. 그런데 우리 철제계단에서 물이 줄줄 흘러내리는 게 아닌가.

어? 수도가 터졌구나! 대체 어디서? 벽 위의 수도관을 살펴봤더니 멀쩡했다. 또 고개를 갸웃거리며 현관문을 열고는 기겁을 했다. 방바닥에 발목이 잠기도록 물이 차오른 것이다. 신발을 신은 채 뛰어들어갔다. 우리 보꼬랑 란아가 당황한 얼굴로 물가에 서서 찰랑거리는 물을 들여다보고 있었다.

물소리를 추적해가니 싱크대 아래 수도관에서 펑펑 뜨거운 물이 솟아나오고 있었다. 세상에 이런 일이! 접착테이프도 못 찾겠고, 서랍에서 눈에 띈, 그 옛날 구두를 닦으려고 넣어둔 스타킹으로 물 새는 데를 아무렇게나 동여맨 다음 신발이고 양말이고 폭 젖은 채 보일러 수리점으로 달려갔다.

수리점은 닫혀 있었다. 바로 옆인 유리 가게에 달려가 "난 보일러는 못 고쳐요"라며 완강히 고개를 젓는 아저씨를 "어떻게든 해주세요! 일단 물이라도 막아주세요!" 비명을 지르며 애걸복걸 모시고 왔다.

4층에 사는 부부가 철제계단 밑에서 어쩔 줄 몰라 하는 얼굴로 있다가 반갑게 우리를 맞았다. 그제야 그들도 사단이 난 걸 알았나보았다. 그들의 도움으로 일단 건물 수도꼭지를 잠갔다.

"보일러가 터진 게 아니네. 수도라면 내가 고칠 수 있겠어요. 삼십 분만 기다려요."

다행히도 (이 글에는 웬 '다행'이 이리 많지? 아마 내 삶이 다행의 점철이어서) 유리 가게 아저씨는 교체할 설비를 사 오겠다며 나가시고, 나는 어떻게든 이제 수습이 돼가리라 마음을 다독거리며 물을 퍼서 화장실까지 날라다 버렸다. 싱크대는 며칠을 사용하지 못해서 하수구가 얼었을지 모르기 때문이었다. 아래층 아주머니가 올라오셨다. 그 집 천장이 울룩불룩해졌다고 한다. 그 또한 큰일이다.

아주머니는 얼이 빠져 있는 나 보기가 딱했는지 물 위의 물건들을 치우라 이르고, 수건을 있는 대로 다 꺼내달라고 하더니 장판을 걷을 수 있는 대로 걷고 물기를 빨아냈다. 그이의 명민한 도움에 마음이 따뜻해지고 크게 힘을 얻었다. 아주머니가 내려가시고 유리 가게 아저씨가 돌아오실 즈음엔 수위가 많이 낮아져서 수건으로 닦고 짜내는 중이었다. 유리 가게 아저씨는 거동도 불편하신데, 얼마나 고마운지 모르겠다.

마침내 사람은 나 하나 남은 방에서 그런 난리가 없는 물난리를 수습하면서 울적할 기운도 없었다. 그런데 난장판 와중에서 우리 보꼬가 젖은 종이 스크래처를 박박 긁는 걸 보니 피식 웃음이 나왔다.

그래, 생각하면 얼마나 다행한가. 내가 더 오랜 시간 집을 비웠으면 어쩔 뻔했나. 전날까지의 추위가 계속됐으면 젖은 발로 어쩔 뻔했나. 여기저기 동파된 집이 많아서 보일러 수리하는 이들이 품귀 상태인데, 유리 가게 아저씨가 없었으면 어쩔 뻔했나.

원고를 들여다볼 기운도 기분도 없어서 폭삭 지친 채 한밤에 친구들을 만나 놀고 새벽에 귀가했다. 그리고 지금이다.

참, 유리 가게 아저씨 말씀이 물기로 부푼 천장 벽지는 우리 보일러를 열심히 때면 말라서 평평해질 거란다. 그랬으면 좋겠다. 또 참, 뉴질랜드 간 아주머니가 대추에서 씨앗을 빼고, 밤껍질을 까는 이유는 그래야 뉴질랜드 공항에서 통과가 되기 때문이란다. 식물 종자 유입을 그렇게 방지하는 거라고. 이 원고를 마쳐서 다행이다. 오늘은 이만 총총.

3부

모 든 것 이 아 름 다 울 뿐

그 골목이 품고 있는 것들

1

집을 나서 왼쪽으로 여섯 걸음은 평지, 거기서 오른쪽으로 꺾어 서서히 내리막으로 아홉 걸음, 다시 왼쪽으로 울퉁불퉁 급경사를 열두어 걸음 내려가면 좌우로 평평한 골목을 거느린 짧은 계단이 나온다. 그 계단에는 봄여름가을 동네 아주머니들이 모여 앉아 계신다.

한겨울에도 볕 좋은 날에는 평균 연령 75세쯤인 여인들이 나와 있는 곳. 서로 오랜 이웃인 그들은 요즘 저녁, 바람 솔솔 부는 그 계단에 둘러앉아 스티로폼 박스 뚜껑에 한 상 차린 떡이니 과자니 과일을 드시며 도란도란 얘기를 나눈다. 지난해부터 폐지 줍는 일을 그만둔 92세 아주머니도 컨디션이 괜찮을 때면 함께 앉아 계신데, 사실 그분은 이들을 그다지 좋아하지 않는다. 겉보기에 후덕해 보이는 이 아주머니들이 거기 모여 나누는 얘기가 죄 남의 흉이라는 것이다.

시골에서는 꽤 잘살던 집이었는데 서울 올라와 무슨 사업인가 시작한 남편이 사기를 당해 화병으로 세상을 뜨고, 그 뒤 '배운 것도 할 줄 아는 것도 없는' 여염집 여인이 갖은 고생을 다하며 아직 다 크지 않은 자식들을 키웠다는 드물지 않은 사연을 간직한 아주머니. 그래도 작은 집 하나를 지닐 수 있어서 셋방살이 고난은 안 겪으셨으니 불행 중 다행이랄까.

50년 가까이 엄청 힘들게 사셨는데도 경우 바르고 자존심 강하고 마음이나 자태나 결 고우시다. 아무리 험한 일을 하고 살아도 변치 않는 천품이라는 게 있긴 있나보다. 다른 아주머니들은 수십 년 살아온 집터에 언젠가부터 다세대 주택을 지어 이제는 경제적 기반이 탄탄한 노년을 보내는데, 그전에도 이 아주머니가 느끼기에 못사는 사람을 무시하고 뭐라도 되는 듯이 으스대고, 말이나 행동이나 근천스럽고 거칠었던 거다. 그런 바가 아주 없는 건 아니겠지만, 그래도 92세 아주머니를 칠십대 여인들이 살갑게 "언니"라고 부르는 걸 보면 마음이 푸근하다.

폐품을 모으러 다닐 때의 아주머니처럼 나도 카트를 끌고 다녀서인지 아주머니는 연대감을 진하게 느끼시는 듯 볼 때마다 안타까워하셨다.

"정말 속상해죽겄어. 사람들한테 좋은 소리도 못 들으면서 맨날 저 고생을 하네."

번번이 고양이 밥을 치워서 자정에 따로 나가 밥을 놓고 새벽 다섯시에 밥그릇을 치우게 하던 한 아주머니에게는 "그이가 혼자 하는 게 아니여. 나라에서 하는 협회 사람이여. 그 협회 사람들이 벌떼처럼 달려오면 난리 나"라고 귀띔해서 두 달여 고역을 끝내주신 적도 있다.

흐흐, 내가 무슨 협회? 나라에서 그런 협회를 만들면 작히 좋으랴. '협회'는 어떻게 아셨으며, 그런 말을 어떻게 생각해내셨을까.

아주머니 덕에 다른 아주머니들의 나에 대한 감정도 많이 우호적이 됐다. 고양이들이 상추 심은 화분에 응가를 한다고 나만 보면 입술을 실룩이며 눈빛이 곱지 않았던, 계단 아주머니들 중 한 분도 지금은 어색한 표정으로 살짝 외면하는 정도다. 이이들에게는 나에 대해 또 뭐라고 설명하셨을까.

"그러고 다닌다고 우습게 보는데, 무슨 직업에 귀천이 있나? 사람들이 왜 그러나 몰라."

하시는 것으로 미루어 그들은 내가 밥벌이로 카트를 끌고 다닌다고 알게 됐나보다.

막 바로 보이는 담벼락에 '운전 미숙자 진입금지'라고 빨간 페인트로 적힌, 집을 나서 왼쪽으로 가는 길. 그 길은 지름길이지만 이제 피하고 있다. 아주머니들은 궁금할 것이다. 하루에 한 번은 보이던 나를 보름 가까이 못 보니 말이다.

날이 더워서인지 무심한 시선도 끈적거리게 느껴져서 나이든 여인들이 모여 앉은 그 길목을 통과하는 게 문득 부담스러워졌던 것. 우리 92세 아주머니도 오래 못 뵈었다. 따로 찾아뵈어야지.

한 달 전엔가 커피 한 잔 얻어 마시러 그 댁을 방문했을 때, 더운 날씨인데도 방에는 보일러가 돌아가고 있었다. 몸이 차가워서 방바닥을 데워야 한다고 하셨다. 그 연세에 살아 있는 게 부끄럽다고도 하셨지. 왜 안 죽어지는지 모르겠다고. 이 염천 더위에도 보일러를 돌리실까? 버틸 때까지 혼자 버티겠다고 그렇게 지내시는 어머니 걱정에 아들딸들 마음이 어지러울 테다.

재작년엔가 환갑 맞은 며느리에게 "우리 집에 시집 와 고생 많았다"면서 60만 원 모은 돈을 주었더니 "어머니 고생하신 거 잘 안다"며 며느님이 하염없이 울었다고 한다.

폐지 등속을 주워모아 60만 원……. 언젠가 그분이 예의 그 계단 밑에 쓰러지다시피 계신 걸 본 적이 있다. 계단에는 매트리스 하나가 비스듬히 걸쳐져 있었다. 체구도 작은 노인이 그 무거운 걸 어디서부터인지 끌고 오신 것이다. 매트리스를 뜯어서 스프링을 발라내면 6천 원을 받는다고 했다.

온몸을 던져 기운 한 방울 남김없이 쥐어짜서 산다는 건 얼마나 떳떳하고 고된 것일까. 마치 대자연처럼 냉혹하고 숙연한 삶이다. 자기의 삶을 온전히 자기의 힘으로 꾸려온 길고도 긴 세월, 하늘을 우러러 한 점 부끄러움 없는 삶! 누구에게도, 어디에도 끝내 기대지 않고 산다는 건 존경할 일이지만 구십대 노인이 돼서도 그렇게밖에 살 도리가 없는 게 인간의 사회인가.

이제는 집에서 그 여인들의 계단까지만 다니시는 듯한데, 두어 달 전에는 아래 골목쟁이 입구에서 만나기도 했다. 운동 삼아 종점까지 다녀오는 길이라고, 무릎이 굳어서 걷기 힘들다고 하셨다.

"지팡이를 짚으시면 한결 걷기 수월할 텐데요."

내 말에 그분은 완강히 고개를 저었다.

"내가 키라도 크면 지팡이를 짚을 텐데, 이렇게 작아서 지팡이까지 짚으면 보기 흉해."

모양도 모양이지만 당신이 지팡이를 짚는 자체에 거부감을 느끼시는 걸 텐데, 그 기분을 백분 알 것 같았다.

나무 한 그루는커녕 꽃 한 송이 없는, 집에서 이면도로까지의 40미터 남짓한 골목길만이 이제 그이의 바깥세상이다. 가까이 사는 누구, 운전을 할 줄 알고 자동차가 있는 이가 있어 이따금 근처 남산에라도 모시고 다니면 좋으련만.

그
골목이
품고
있는
것들

2

골목 입구에 쓰레기 버리는 곳이 있다. 지난 1년 사이에 내가 아는 것만 세 마리 죽은 고양이가 버려졌던 곳. 그중 한 마리는 거기서 여인들의 계단으로 올라가는 골목쟁이에 사시는, 중풍 후유증으로 반신을 못 쓰는 할아버지가 키우던 고양이였다.

지난해 초여름, 그 집 앞을 지나다닐 때 보면 번번이 문에 자물통이 채워져 있은 지 두 달은 족히 지나서야 아무래도 이상해서 할아버지 댁 가까이 사는, 역시 중풍 후유증인 듯 동작이 굼뜬 장년 남자를 마주친 김에 물었더니 할아버지가 댁에서 갑자기 돌아가신 게 한참 전이라고 알려줬다. 한쪽 다리를 심하게 절었지만 그럭저럭 건강해 보이던 분이었는데……. 그제야 거기 내가 고양이 밥을 놓는 자동차 밑에 웬 노란고양이가 어느 날 갑자기 나타난 소치를 알 수 있었다. 파스텔 톤으로 뽀야니 노란 털빛을 한 아주 우아한 소녀 고양이로서 무슨 이런 예쁜 고양이가 다 있나 싶게 인상적으로 예쁜 게 할아버지가 얼마나 예뻐하셨을까 싶어 이래저래 가슴이 더 아팠다. 너무 비쩍 말라서 각별히 영양제를 먹이고 간식도 더 줬는데, 늦은 밤에도 쓰레기 쌓인 곳을 서성거리다가 나를 보면 좋아라고 달려와 달콤하게 울면서 간식을 조르곤 했다. 아직 어리고 사람을 잘 따르니 키울 사람을 찾아줘야 하나 고민이 깊었지만 엄두가 나지 않았다. 걔한테 변명하자면, 할아버지가 키우던 다른 고양이가 마음에 걸리기도 했다. 같이 살던 고양이마저 사라지면 많이 외롭지 않겠는가.

그 다른 고양이로 말할 것 같으면 할아버지의 첫 고양이였는데, 썩 잘생긴 진회색 얼룩 고양이였지만 사납기 이를 데 없었다. 그 집 문이 열려 있을 때면 공포였다. 문 앞에 앉아 있다가 나를 보면 호랑이의 사냥 자세로 한 발짝 한 발짝 다가왔다. 아부하느라고 개가 잘 먹는 닭가슴살을 던져줘도 거들떠보기는커녕 내게서 눈을 떼지 않고 살금살금. 옆에 서 계시던 할아버지가 미안해서 쩔쩔매시며 심약한 목소리로 어눌하게 야단을 쳐도 소용없었다.

밥 놓는 자동차 밑에서도 웅크리고 있다가 독사 소리를 내며 달려드는 바람에 나는 나자빠질 뻔하고, 순하게 기다리던 다른 고양이들이 기겁을 하며 흩어진 게 한두 번이 아니었다. 고양이들은 경계심이 많아도 방어적이어서 위험하지 않은 동물인데 애는 어쩌나 공격적인지 고양이 탈을 쓴 맹견이었다. 아무래도 그놈이 사람과 고양이 통틀어서 나한테만 유난히 그러는 것 같은데, 대체 왜?

"쟤 무서워서 고양이들 밥을 못 주겠어요! 중성화 수술을 해주세요. 그러면 좀 순해질 거예요."

할아버지한테 몇 번 항의도 하고 하소연도 했지만 할아버지는 고양이 중성화 반대파셨다. 그후 둘째로 주워 키운 이 새끼고양이가 암고양이로서 새끼를 낳게 되기 전까지는.

불행인지 다행인지 세 마리 낳았는데 한 마리 건졌다고 했다. 무지해서 더 이기적이었던 그 옛날, 딸 가진 사람과 아들 가진 사람의 성적 몸가짐에 대한 교육과 단속이 달랐던 것과 같은 이치다.

어느 날 할아버지가 지나가는 나를 부르더니 고양이 중

성화 수술을 무료로 해줄 수 있느냐고 물으셨다. 이참에 그 회색 수고양이도 중성화시키자 싶어 얼른 날을 잡았다. 용산구의 한 캣맘이며 길고양이 중성화도 열렬히 시키는 이에게 도움을 청했다. 그날, 암고양이는 할아버지 손으로 케이지에 넣었지만 그 회색 얼룩 수고양이는 할아버지도 못 잡겠다고 하셔서 실망했는데, 중성화시켜줄 이가 말했다.

"쟤는 이미 중성화가 돼 있는데요. 귀 끝이 잘려 있어요."

그럴 리가! 할아버지도 고개를 갸웃거리시더니 개가 집을 나가 한 달 만에 돌아온 적이 있다고 하셨다. 언제인지 몰라도 그때 포획돼 수술 당한 모양이었다. 그런데 다른 동네에 풀어놓아 집을 찾아오는 데 한참 시간이 걸렸나보았다. 어이구, 하마터면 큰일날 뻔했구나. 고생 많았다. 장하다! 어찌나 흐뭇하던지.

시간을 얼추 짚어보니, 새끼고양이들은 회색 고양이의 핏줄이 아니었다. 그런데도 놈은 어린것에게 뭐든지 양보하고 썩 예뻐했니라(지금 누구한테 하는 말인지).

그런데 무슨 영문인지 수술받고 사흘 만에 귀가한 그 암고양이가 다음날로 죽었다는 충격적인 얘기를 나중에 들었다. 할아버지를 뵐 면목이 없고 죽은 고양이한테 너무너무

죄스러웠다. 길고양이 수술을 서툰 인턴에게 맡겨서 죽는 경우가 종종 있다고 한다. 꽤 예쁜 카오스 고양이였는데, 한 살을 넘기지 못하고 그렇게 갔다. 이런저런 일의 와중에 흘깃 본 노란 새끼고양이가 그토록 예쁘게 자랐던 것이다.

노란 고양이는 노란 고양이대로 가슴 아리고, 회색 고양이는 5년 가까이 돌봐주던 할아버지와 집을 동시에 잃었으니 무척 마음이 안 좋았다.

집을 물려받았으면 아버지가 애지중지 키우던 고양이들도 맡아 길러야 하지 않을까 하는 생각은 지나친 생각일까. 잠은 어디서들 잘까. 회색 고양이는 완연 풀이 죽어 자동차 밑에서 색색거리기만 할 뿐 튀어나오지는 않았다.

그렇게 서너 달이 지난 어느 날 낮이고 밤이고 보이던 노란 고양이가 이틀째 보이지 않았다. 왠지 뒤숭숭했는데, 외출 길에 만난 한 아주머니가 소식을 전해줬다. 머리통이 깨져 죽어 있는 고양이를 그이가 발견하고 종이상자에 거두어 쓰레기터에 두었다고 했다.

아, 아, 그랬구나…….

멍하니 전철역까지 걸어갔는데 전철을 타고 자리에 앉자

곧 걷잡을 수 없이 울음이 터졌다. 내가 발견해서 산에 묻어 주기라도 했으면 좋았을 것을. 그렇게 갔구나. 그 좁고 짧은 길에서 어쩌다 차에 치었단 말인가. 네가 죽어서 들어 있는 종이상자가 아직 쓰레기터에 있을 때, 그것도 모르고 한두 번 너를 찾아 두리번거리고는 지나쳤을 수도 있겠구나.

누구한테라도 사랑받으며 살 수 있는 고양이였는데 어쩜 나는 그렇게 방치할 수 있었을까. 다가올 겨울에 어디서 추위를 피할까 걱정이었다. 그래서 할아버지가 데려가셨나. 그 러셨나.

한 겨울이 지나고 한 봄이 지나고 여름이다. 언제부턴가 회색 고양이를 우리 집 앞 자동차 밑에서도 만나고 윗동네에 서도 간간 만났다. 생각보다 행동반경이 넓은가보았다. 자동 차 밑에서 약하게 위협하는 소리가 들리면 걔가 잘 먹어서 할아버지가 이따금 주문을 부탁했던 캣스틱을 던져주었다.

한 달이 좀 안 됐나보다. 문에 자물통이 걸린 채 1년 넘게 비어 있던 그 집에 보수공사가 시작된 게. 담벼락에 시멘트 부대 같은 것들이 쌓여 있고, 낡은 문이 활짝 열리고 인부들 이 들락날락하는 걸 보니 기분이 이상했다.

할아버지는 너를 뭐라고 부르셨을까. 이름도 모르는 회색 고양이야, 이제 너는 저 집을 진짜 잃었구나.

그저께 밤이었다. 그 골목에 밥을 놓고 있는데 지나가던 아주머니 두 분이 발을 멈추고, 한 아주머니가 걱정스러운 얼굴로 내게 물었다.

"조 위 골목에 돌아가신 할아버지가 키우던 고양이 봤어요?"

"예, 봤어요. 한 마리 남았잖아요."

아주머니는 굳은 얼굴로 고개를 저었다.

"아니에요. 죽었어요."

나는 웃으면서 일러드렸다.

"예? 죽은 애는 노란 고양이고요, 회색 얼룩 고양이요. 좀 아까도 저 자동차 밑에서 봤는걸요."

아주머니는 고개를 저으며 퉁명스럽게 말했다.

"그래요. 회색 점박이 고양이요. 벌써 20일 전에 죽었어요."

"네?"

내가 믿지 않자 아주머니는 답답하다는 듯이 확신에 찬 목소리로 보고하듯 말을 이었다.

"그 집 공사하기 전에 내가 청소하느라 문을 열어놨더니

들어오더라구요. 너, 할아버지 보러 들어왔구나. 말을 걸었
더니 힐끔 쳐다보고 휙 나가버리더라구. 나올 때도 못 봤는
데, 어디 숨어 있었나, 다음날 인부들이 들어갔더니 방에 죽
어 있더래요. 웬 고양이가 여기 죽어 있나 난리가 나서 가봤
더니 그 고양이였어요."

"아, 그래요? 20일 전에?"

조금 아까도 자동차 밑에서 쌕쌕거려서 캣스틱을 던져줬
는데 다른 고양이였나보다.

내가 말을 잃고 있자 다른 아주머니가 슬픈 목소리로 말
했다.

"맨날 우리 집 장독대에서 지네 집을 내려다보고, 내려다
보고 했었는데……."

할아버지가 가신 뒤 한 고양이는 몇 달, 한 고양이는 1년
을 좀 넘기고 따라갔다.

회색 고양이는 할아버지가 사람 밥을 먹여 키워서 어쩌면
사료도 잘 먹지 않았을 테다. 무엇보다도 슬픔과 외로움과
불안으로 식욕을 잃고, 살 의지를 놓아버린 채 집에 들어가
고 싶어 호시탐탐 노리며 주위를 서성였을 테다. 제 살던 집
에 들어가서야 비로소 숨을 놓다니 그동안 살아도 산 게 아

니었겠구나. 개 사체는 어떻게 마무리했는지 모르겠다.

길에서 개나 고양이 등의 사체를 발견하면 120 다산콜센터에 전화하기 바란다. 십 분 이내에 달려와 사체를 싣고 가는데, 일반 쓰레기처럼 처리하지 않고 다른 죽은 동물들과 함께 화장시킨다고 한다.

이제는 몸이고 마음이고 고생을 마친 회색 고양이야, 천국에서 할아버지랑 카오스 고양이랑 노란 고양이를 만나 행복하거라. 부디 편히 쉬렴.

뻔뻔스러울 정도로 떳떳하기를

'특별한 일들이 일어나기를 바라는 사람도 있겠지만 평범한 나날이 이어지기를 바라는 사람도 많습니다.' 한 달 안짝에 본 글인데 누가 어디에 쓴 글이었는지 기억이 안 난다. 한 친구의 농담대로, 머리에 든 게 많다 보니 별게 다 생각이 안 나네.

이키, 내 나이에 까불거리는 글은 부박해 보인다고, 나이에 맞게 언어를 고르라고 또 한 친구가 충고했는데. 참, 내 늙음을 깨우쳐주지 못해 안달하는 분들이 왜 이렇게 많은지.

아무렇게나 입고 다니지 마라, 특히 짧은 바지 입지 마라, 머리 모양을 짧게 자르고 다듬은 스타일로 바꿔라, 생활의 격을 갖춰라 등등. 이제는 말과 글에 대한 나잇값을 요구받누나. 나를 걱정하는 마음들 고마우시지만, 내가 그렇게 배우는 거 좋아했으면 서울대학교 갔을 거다. 아, 서두에 인용한 글의 원전과 필자를 밝히지 못한 께름칙함에 말이 딴 데로 길게 갔다. 하지만 딴 데건 같은 데건 길이가 늘어나서 흡족하다.

써야 할 원고를 앞에 두면 늘 공황장애 비슷할 압박감을 느낀다. 이 매수를 채울 수나 있을까? 그리하여 '할 수 있다. 왜냐하면, 해야만 하니까!'라는 배수의 진을 치고, 일단 할 말 못할 말, 싱거운 말 무거운 말 가리지 않고 말 달리는 것, 말이면 다 해보는 것이다. 그렇게 해서 할당된 분량이 차고 넘치면 그제야 비로소 숨을 돌리고 나름 격을 생각하면서 글을 다듬는 게 내 원고 작성법이다.

이번에는 그나마 그렇게 하기 어려울 것 같다. 지금 나는 너무 피곤하고 우울하고 시간이 없다. 어서 글을 맺은 뒤 글 바깥에서 해결해야 할 일이 도처에 쌓여 있기 때문이다. '아, 평범한 나날이 이어진다면, 그럴 수만 있다면, 특별한 일들이 일어날 글을 쓸 수 있으련만!' 동서고금의 얼마나 많은 문인들이 이런 한탄을 했을까.

"언니, 우린 이제 어떻게 살지?"

한 시인이 전화해서 절망적인 목소리로 느닷없이 토해낸

일성이다. 나만큼이나 사면초가에 삶의 대책이 없는 친구다.

나는 "몰라……"라고밖에 대답할 말이 없었다.

생각해보니 나를 포함해 내 주위 친구들은 하나같이 패배자들, 젊은이들이 성공적인 삶을 사는 데 반면교사가 될 사람들이다.

우리가 처음부터 그랬던 것은 아니다(나는 처음부터 그렇게 생겨먹었던 것 같지만). 초년 복보다 노년 복이 중요하다는데, 노년에 들어서 기쁨이나 희망은커녕 당장 살아갈 길이 막막한 처지가 됐다. 가장 큰 원인은 우리 모두 제 인생에 노년이 있을 줄 예상하지 못하고 노년이 됐다는 것이지만, 거기에 더해 우리가 노년에 들어선 이 시간은 인류에게 전망은커녕 아무 가망이 없어 보이는 시대다. 멀쩡히 사는 친구들도, 전에는 우리에게 너그러웠건만, 이제 우리의 비참이 옮을세라 피하고 싶어한다. 그들은 남은 충정을 다해 충고한다. 앞으로는 더 엄혹한 시절이 올 거라며 정신 차리라고.

맞는 말이겠지만 정신 차려봤자 골치만 아프다. 그래서 상위 1% 사람들은 아무런 수치심도 없이 짐승처럼 부를 쌓아 지키고, 나머지 사람들은 아무 저항 없이 전전긍긍 살아간다. 이 야만의 시대에 가난한 노년을 맞은 사람들은 어떻게 살아야 할까. 그리고 필경 우리보다 나을 것 없는 노년을 맞을 듯한 수많은 오늘날의 청년들은? 그들에게는 학자금 대출 말곤 빚을 질 기회조차 주어지지 않을 테니 우리보다는 나으려나? 어떻게 살아야 할까.

시 「그 젊었던 날의 여름밤」을 에두르면서 여름과 젊음에 대한 달콤쌉쌀한 얘기를 풀어낼 생각이었건만, 늙은 시인 생활인의 한탄만 늘어놓았다. 청년들에게 연애가 사치이고, 예술가들에게 상상력이 사치인 시절이다.

시의 마지막 연 마지막 시구 '사랑보다 훨씬 더 무겁고 무겁기만 한 것들'에 이미 치여 사는 청춘들을 생각하니 가슴 아리다. 그래도 이 궁핍한 시대에 저항할 길이 아주 없는 것은 아닐 테다. 『문학동네』 이번 가을호에서 평론가 신샛별이 '88만 원 세대의 감정생태학'이라 명명한 김금희의 소설들에도 길 하나가 엿보인다.

오늘 청춘들이여, 아직 DNA가 바뀌지는 않았겠지. 그 뜨겁고 싱그러운 피와 감정을 소중히 여기고 따르며 자기만의 삶을 가꾸기를! 세상에 지지 말기를! 뻔뻔스러울 정도로 떳떳하기를! 떳떳함은 삶의 가장 큰 가망이리라. 부디 책 좀 읽으시라. 어떤 책은 세상을 이기는 힘을 키워준다.

직업, 밥벌이와 자아실현의 그 어디쯤

밥벌이와 더불어 자아실현을 할 수 있는 직업에 종사하는 사람은 드물다. 하나를 포기할 수밖에 없을 때, 대개는 '자아실현'을 포기한다. 살아 부지하는 게 우선이고, 살자면 먹어야 하니까. 다행이라고 해야 하나. 대부분 직장인은 대부분 무직자도 마찬가지지만 달리 실현하고 싶은 '자아'가 희미해서 그 때문에 고통받는 사람도 드문 것 같다. 그래서 자그마한 자아실현인 취미생활을 할 약간의 여가와 착취당한다고 느끼지 않을 정도의 봉급을 주면 족한 듯한데, 그 소박한 바람도 먼 별빛인 사람을 많이 본다.

내 조카도 그중 한 사람이다. 전문기능 직원인 조카는 첫 직장에서 일한 지 3년이 돼서 업무도 사람들도 친숙해졌지만, 그만두고 싶다고 한다. 시도 때도 없이 한밤에도 긴급히

불려나가는 등 힘들어서 더는 못 견디겠다는 것이다. 신입 사원들이 있기는 하지만 그들은 제대로 일을 해내지 못해서 내 조카쯤 되는 경력 사원을 최소한 한 명은 더 충원해야 하는데, 조카가 받는 봉급으로는 올 사람이 없다는 것. 불시의 격무에 시달리다보니 '책도 읽고 싶고 음악회도 가고 싶고 친구도 만나고 싶지만' 꼼짝 못한다고, 사는 즐거움이 없다고.

"그러게. 너 연애할 사람 만들 시간도 없겠다."

내 말에 조카는 피식 웃었다. 요 예쁜 애가 남자친구 하나 없구나. 나는 속으로 조카 나이를 헤아려보았다. 무엇보다도 조카는 직업 능력을 향상시킬 공부를 할 시간을 꿈도 못 꾼다는 게 회의가 되는 모양이었다. 현재의 하급 기능직으로 평생을 보낼 정체된 삶을 생각하니 숨이 막힌다고 한다. 이 산업사회가 가장 많이 원하는 건 하급 기능을 맡을 톱니바퀴들일지 모르겠다. 조카는 거기서 한 단계라도 올라서고 싶은 것이다. 그러면 '저녁이 있는 삶'이 가까울 것이기에.

직장을 업그레이드하려면 공부를 해야 하는데, 그러려면 회사를 그만둬야 하는데, 그애 아빠(내 동생)는 계속 다니면서 공부하라고 한단다. 그만두면 후회하게 될 거라고.

"네가 독한 데가 없어서 걱정되는 걸 거야."

내 말에 조카는 고개를 끄덕였다. 동생은 우리 둘과 달리 독한 데가 있고 성실한 생활인이다.

조카의 수능 결과가 나오자 동생은 "이 성적으로 들어갈 수 있는 대학은 어디도 취업 못해"라며 정시를 포기시키고 적지 않은 수업료의 재수학원에 등록해놨다. 조카 생각은 물어보지도 않고. 그 1년 뒤의 결과는 전해보다 한 등급 떨어진 참담한 것이어서 부녀 사이가 얼음장이었지. 재수 아무나 하는 것 아니다.

조카는 제 아빠한테 짓밟힌 자존심을 회복하려고 안간힘을 써서 그제는 아빠가 기대도 안 했을 학업 성과를 보였고, 취업도 수월히 했다. 이 몇 년 따뜻한 기류가 흐르는 부녀를 보면서 과연 아버지의 사랑이란 어머니의 사랑과 다르다고 새삼 생각했다.

"뜻대로 안 되더라도 네 경력으로 지금 정도 직장은 다시 구할 수 있잖아. 그걸로 아빠를 설득해봐. 공부해서 충전도 될 테고. 나는 적극 찬성!"

"맞아요. 근데 아빠 아시잖아요. 다시 얘기 나누기 겁나요."

제 생각이 제일이고, 이견에는 화부터 내고 보는 그 남자의 인정과 동의가 조카에게는 항상 중요한 관문이다. 통과한 뒤에도 얼마나 스트레스가 될까.

조카가 다니는 회사 입장을 생각해본다. 시간과 돈을 들여 일꾼 만들어놓으면 다른 데로 가려고 드니 맥이 빠질 테다. 하지만 어느 정도 합당한 보수를 주고 한 명쯤 더 일꾼을 들이면 해결될 일 아닌가. 그런 미래가 있다면 내 조카 경우처럼 신입 사원들이 다들 착실한 일꾼으로 성장할 테다. 그러면 회사에도 좋지 아니할까.

친구

생각

랩톱을 켜고 삼십 분은 지나서 의자에 앉는다. 메모해놓은 종이 한 장을 찾자고 여기저기 헤집느라 그랬다. 메모 내용도 대충 떠오르고, 또 이번 글에 꼭 필요할지 아닐지 모르는데 그 종이쪽을 찾아서 앞에 두어야 글을 시작할 수 있겠는 것이었다. 더이상 시간도 없어서 포기하고 돌아와 앉은 기분이 영 개운치 않다.

　그래, 기억을 더듬어 써버려야겠다. 글감이라면 나는 뭐 하나 버릴 줄 모르고 알뜰살뜰 바닥까지 긁어 쓰는 사람이다. 워낙 머리에 든 게 없고 만성피로로 매사에 감정이 무디어서 글감이 빈한하기 때문이다. 아무도 궁금해하지 않을 실토는 그만 늘어놓자.

　초등학교 4학년 때 아주 똑똑한 친구가 있었다. 영리해 보이는 반짝반짝 까만 눈이랑 야무진 입매의 살짝 비웃는 듯한 미소랑 딱 부러지는 어조의 목소리가 선하게 떠오른다. 책이 귀했던 그 시절에 그애의 집에는 책이 어찌나 많던지 보물창고 같았다. 생활형편은 넉넉지 못한 측이었는데도 그랬다. 그애의 엄마 아빠는 한 남쪽 지방의 인텔리 청년들이었는데 무슨 사상 문제가 걸려 쫓기듯 상경해서 가정을 이루었다고 들었다.

내 친구는 세 자매 중 장녀였다. 셋 다 똘똘했고, 특히 장녀의 출중한 똑똑함에 그 부모의 자부심이 하늘을 찌를 듯했던 기억이 난다. 매사 빈틈없는 그애와 허점투성이인 내가 친하게 지낸 건 집이 걸어서 오 분 거리였던데다 둘 다 책을 좋아해서였다. 말이 통한다는 것으로 내가 그애한테 낙점받았다고나 할까.

나는 그런 게 있는 줄도 몰랐는데, 그애는 4학년부터 참여할 수 있는 학교 신문의 기자였다. 어느 날 그애가 말했다.

"정원이(그애 바로 밑 동생)가 「별」이라는 동시를 썼는데, 아주 잘 썼어. 신문에 싣자고 해야지."

정원이는 1학년이었다. 바람결에 나는 알고 있었다. 4학년

작품부터만 학교 신문에 싣게 돼 있다는 것을. 그러냐고 표는 내지 않았지만 감탄과 부러움과 의혹이 뒤섞인 생각들이 스쳐지나갔다. 이 친구에게 그런 권한이 있는 모양이구나. 그건 권력을 남용하는 부당한 짓이 아닌가. 이 친구는 학교에도 규칙에도 얽매이지 않고 자기 소신을 펼치는 사람이구나. 그애의 부모가 그애를 그렇게 기개 있는 사람으로 키운 것이다.

언제부터인가 우리나라에서, 좁게 잡으면 서울에서 그만큼 가난한 집의 아이가 그만큼 자기를 펼치며 사는 일은 전설이나 다름없어졌다. 정원이의 동시가 신문에 실렸는지, 신문이 나오기나 나왔는지 기억이 없다.

역시 그애와 한 반이었던 5학년 때의 일화 하나. 국어 시간에 선생님께서 숙제로 내줬던 글짓기를 걷어서 설렁설렁 읽어보다가 내 글에 대해 짧게 언급하셨다.

"아주 센티멘털하게 썼네."

센티멘털하다는 그 글의 제목은 '쥐잡기'였다. 쥐덫 속의 쥐를 세숫대야 물에 잠기게 해 죽이는 광경을 보며 가여워하는 내용이었다. 선생님이 뭔가 근사한 말로 내 글을 평했

231

다고 여긴 그애는 기억해두었다가 엄마에게 물었다.

"엄마, 섹스멘털이 무슨 뜻이에요?"

어린 딸 입에서 튀어나온 '섹스'라는 말에 깜짝 놀라는 엄마. 딸에게 자초지종을 들은 뒤에야 그 어머니는 안도의 미소를 띠며 제대로 알려줬다고 한다.

"센티멘털이겠지."

그애는 대학교 1학년 때 세상을 떠났다. 남자친구와 한남대교를 걷다가 바람에 날린 긴 머리칼이 트럭 바퀴에 말려들어갔다. 남자와 여자가 찻길 옆을 걸을 때는 머리칼이 짧은 남자가 찻길 쪽에 서야 한다.

지금보다 훨씬 순수한 시절이었지만, 대학생이 되면서부터 그애는 현실에 상처받고 열패감 비슷한 감정을 느꼈던 것 같다. 학교도 직장도 다니지 않던 내가 그애의 학교로 찾아간 적이 있다. 그애가 중고생 때나 신던 소위 학생화, 감색 운동화를 신은 걸 보고 나는 킬킬 웃었다.

정말 생각 없는 짓이었다. 나는 친구가 소신껏 그 운동화를 신었다고 생각했고, 그래서 같이 웃을 줄 알았다. 그런데 그애 얼굴이 샐쭉 일그러지며 굳었다.

대학교 학우들은 그때까지 알던 친구들보다 대개 부잣집 자식이고, 장학제도가 그리 발달하지 않은 때여서 그애는 참으로 어렵사리 대학에 들어간 것이었다.

오랜 세월이 지난 뒤, 그애 동생 정원이가 내게 물었다.

"언니가 살았으면 글 쓰는 사람이 됐을까요?"

깊은 삶, 기품 있는 삶

오십대에 접어들면 대개 사람은 단지 좀 노쇠했을 뿐인데, 엄청나게 많은 것을 잃은 것으로 착각한다.

행복과 아름다움은 젊은이의 전유물이 아니다. 내 이십 대 삼십대는 햇빛 찬란하게 행복했나? 아니다. 삶이나 세계 에 대해 알지 못해서 혼란스러웠고, 정리되지 않은 욕망의 풋내로 비릿했다.

젊었을 때, 젊은 거 하나 벼슬인 듯 선생님들 앞에서 객기 를 부리고 잘난 척 떠들어댔던 걸 생각하면 낯이 화끈거린 다. 슬며시 웃을 뿐이었던 그분들 눈에 내 무식과 허세가 얼 마나 빤히 들여다보였을지 그때는 짐작도 하지 못했다. 내가 그분들 손바닥 안에서 까불었다는 것을 몰랐다.

나이가 들면 보다 더 유식해지고 삶을 총체적으로 바라 보는 능력이 생긴다. 그 선생님들만큼 관대하지 못한 나는 이삼십대 나이의 사람과 대화하다 냉소를 금치 못한다.

저렇게 젊어서 뭐하나? 어쩌면 저렇게 아름답지 않을까? 그들의 특성은 한마디로 무지와 탐욕이다. 그들이 입에 달고 사는 '스펙'이란 말에는 아주 넌덜머리가 난다. 그들 머릿속에는 '스펙'이란 단어밖에 없는 것 같다. 스펙 쌓기에 여념 없고, 사람을 만나면 스펙부터 따지고 비교한다. 삶의 본질과 아무 상관없는, 껍질에 불과한 스펙! 가식과 허세를 부르는 스펙! 이런 청춘들은 머리에 든 거 없고 욕망만 강하고 유약해서 미풍에도 콧바람에도 흔들린다. 쉰 살이 넘으면 어지간한 폭풍에도 흔들리지 않는다. 가식과 허세가 없어지기 때문이다.

젊음의 아름다움은 대개 늙은 몸에 대한 젊은 몸의 상대적 아름다움이다. 하지만 장년의 아름다움은 절대적이다. 누구라도 풋내나는 예술작품보다 무르익은 예술작품을 아름답다 느낄 것이다.

나이를 먹는다는 건 삶을 무르익힌다는 것이다. 삶이 깊어진다는 것이다. 깊은 삶은 기품 있는 삶이다. 삶이 깊어지면 남을 생각할 줄 알게 된다. 남을 생각할 줄 안다는 건 기품의 기본이다. 세월이 주는 가장 큰 선물인 그 기품. 이것이 아름다움 아닌가?

이성적으로는 이렇게 생각하면서도 종종 젊음을 흘깃거리게 되는 건 향수 때문이다. 젊음은 우리의 고향이며 모든 추억은 아름답다. 나이가 든다는 건 실향민이 된다는 거다.

다시는 돌아가지 못할 고향 타령을 하면서 징징거리지 말자. 잃은 것도 있지만 얻은 것도 있다. 오십대라는 신세계를 즐기고 가꾸자. 부단히 자기 점검을 해서 헐거워진 나사가 있으면 조이고, 자신을 끊임없이 업그레이드하자. 방심하면 요즘 젊은 사람들과 다를 바 없이 사회적 타성과 권력에 순응하게 된다. 오십대의 나여, UP! UP! UP!

나는 어머니를 기억하지 못하지만

날 좋은 주말에 남산에 갔다. 남산도서관 왼쪽 숲, 땅바닥엔 녹색 이끼가 깔리고 나뭇가지가 하늘을 가리는 그 작은 숲은 서늘하니 고졸한 아치가 있다. 게다가 한적해서 내가 아주 좋아하는 곳인데 도서관 쪽 통로인 계단 아래에서부터 왁자지껄 소리가 들렸다.

무슨 행사가 있나. 노란 옷을 입은 남녀노소가 화기애애하게 웅성거리며 앉거나 서 있고, 여기저기 먹다 남긴 먹을거리가 놓인 돗자리가 깔려 있었다.

"자, 이번엔 시계입니다, 시계! 시계 좋아하세요?"

진행자인 남자가 확성기로 묻자 사람들이 입을 모아 "네!"라고 대답했다.

"그러면 사세요!"

와그르르 웃음소리. 앗, 경품 추첨 시간인가보네. 나도 경품 좋아하는데. 걸음을 멈추고 구경했다. 진행자 뒤편 위로 '노무현을 사랑하는 사람들'이라 적힌 기다란 천이 걸려 있었다. 한 고위 정치인 이름을 새긴 시계를 받게 된 사람의 반응이 썩 좋지는 않았는지, 그에 대해 실망한 척하는 진행자의 농담과 또 와그르르 웃음소리를 들으며 자리를 떴다.

나의 숲을 그들에게 양보하고 안중근기념관 쪽을 향해 계단을 올라갔다. 아주 오래전 그 계단 옆 화단에 꽃시계가 있었다. 그걸 왜 없앴을까. 그러고 보니 그 꽃시계, 둥글게 꽃이 심어진 생각은 나는데 어떻게 시간을 봤는지는 생각나지 않는다. 시곗바늘이 있었던 것 같다. 그럼 뭐, 무늬만 꽃시계였네.

진정한 꽃시계는 태양의 각도에 따라 피는 시간이 다른 꽃들을 심어놓고, 무슨 꽃이 피었는지로 시간을 알리는 거 아닌가? 흠, 꽤 만들기 어려울 듯.

남산이 많이 변했다. 사라진 것도 많고. 특히 안중근기념관과 옛 어린이회관 건물 앞부터 힐튼호텔 앞까지는 거의 개벽을 했다. 보다 아리땁게 가꿔지고 잘 정비돼 걸음직한 공원이 됐지만, 백범광장 앞의 어린이 놀이터도 사라지고 소박한 잔디밭도 사라지고 여름날이면 나무 아래서 막걸리 한잔에 취해 장구 치고 때로는 '노세, 노세, 젊어서 놀아! 늙어지면 못 노나니~ 얼씨구절씨구 차차차!' 악을 쓰며 노래하고 춤추시던 할머니들도 사라졌다.

파월 장병이 기증한 선인장들이 인상적이었던 식물원도 사라지고, 그 앞 분수대도 사라졌지. 폴라로이드 사진사 아저씨들도 사라지고, 식물원 아래 작은 동물원도 사라졌다.

"이게 다 서울대공원으로 간대."

"그럼 서울대공원으로 가봐야겠네. 근데 그게 어디 있는 거야?"

원숭이 우리였던가, 할머니 두 분이 철망에 손을 얹고 두런두런 얘기를 나누셨지. 근처 어느 골짜기에 사셨을 할머니들. 정든 동물들을 보러 서울대공원에 다녀오셨을까. 아직 구존해 계실까. 아, 이제 내가 할머니로세. 오래 사는 건 한 생명체로서 일단 성공한 거지.

'시인 베이다오가 사랑한 시'라는 부제가 붙은 시집 『내일부터는 행복한 사람이 되겠습니다』에 실린 타고르의 시 한 편을 옮겨 적겠네. 제목은 「나는 어머니를 기억하지 못하지만」.

나는 어머니를 기억하지 못하지만/ 가끔 놀이에 열중하고 있을 때/ 내 장난감 위로 노랫가락 하나 떠도는 듯합니다./ 어머니가 내 요람을 흔들면서 흥얼거리던 그 가락입니다.// 나는 어머니를 기억하지 못하지만/ 이른 가을 아침/ 아카시아 꽃향기 공중에 떠돌 때/ 사원의 아침 예배 내음 어머니의 숨결처럼 내게 옵니다.// 나는 어머니를 기억하지 못하지만/ 내 방 창문 통해 먼 하늘 푸른빛 바라볼 때/ 내 얼굴 응시하던 어머니의 그윽한 눈길/ 하늘 가득 퍼져 있는 것을 느낍니다.

화자는 기억하지 못할 정도로 어릴 때 어머니를 잃은 어린이라네. 불과 몇 년 전일 테지만, 어린이의 전 생애를 두고 볼 때 말년인 현재의 반대편 저 끝에 있는 '요람 시절'에.

'신은 모든 사람을 돌볼 시간이 없어 어머니를 보낸다'는 말이 있다네. 그 어머니를 빼앗긴 어린이에게는 신이 직접 가야 하리. 어머니가 없는 아이는 세상 전체가 키우는 게 도리라는데, 얼마 전 지방 도시 원룸에서 젊은 아빠와 함께 죽은 뒤 발견된 두 살 아기 생각에 가슴 저리네.

어린이날도 있는 5월은 가정의 달이라지. 그나저나 인도에서는 아카시아꽃이 이른 가을에 피나보네.

우리가 불행감에서 헤어나지 못하더라도

창밖을 내다보니 비가 주룩주룩 쏟아지는데 비둘기 세 마리가 전깃줄 위에 앉아 있었다. 어쩐지 내가 나오기를 기다리고 있는 것 같았다. 비둘기들이 에워싸고 따라다니는 바람에 이웃 눈이 무서워서 낮에는 편히 집을 나서지 못한 지 꽤 됐는데 말이다. 새끼를 둥지에 두고들 나왔나. 머릿수건 푹 눌러쓰고 젖은 장바닥을 지키는 아주머니들 같았다.

굳은 날씨에도 비둘기들이 먹이를 구하려 동동거리는 건 곧 더 굳은 날씨가 온다는 예보다. 아니나 달라, 냉기가 옷속을 파고드는 게 이건 숫제 겨울이다. 하긴 이맘때 비는 한 번 올 때마다 우리를 한 발 한 발 추위로 몰아가지. 벌써! 무섭다. 올해는 모기들도 망했다. 그 열화를 견디고 비로소 살 만한데 겨울 날씨라니.

어젯밤 고양이 밥 셔틀에는 도저히 찬물을 가지고 나갈

수 없어서 물을 데웠다. 겨울에는 뜨거운 물을 따로 준비해야 하기 때문에 짐이 더 무거워진다. 중간에 보충할 데가 마땅치 않았는데, 지난겨울에는 아는 카페에서 흔쾌히 제공해 줘 다행이었다.

겨울 점퍼를 꺼내려고 옷장을 열었다가 검은색 공단 바지를 물끄러미 바라보았다. 저런 멋쟁이 옷을 입은 게 얼마나 오래전이던가. 맞기나 맞을까. 행복하지 않은 사람답게 울퉁불퉁 살이 쪄버렸으니. 좀 할랑한 바지였으니 맞을지도 모르겠다. 그래도 이젠 어색해서 못 입을 것 같다. 집에서라도 입어 버릇하면 모를까.

내 존재에 낯설어진 것들. 야들야들 보드레하고 화사한 스커트와 원피스들. 그리고 향수와 보석. 내가 좋아했던 것들.

지난 한글날 밤에 후배 시인 정은숙을 만났다. 그의 시를 못 본 지 오래됐다. 이젠 시 안 쓰나? 얼굴 한 번 보기 힘들 정도로 출판에 쏟는 지극한 열정을 미루어 보건대, 달리 열정을 남기기 힘들긴 하겠다.

나는 달랑 새로 낸 책 한 권을 건넸는데, 그는 늘 그랬듯 이번에도 선물을 한 보따리 가져왔다. 내가 선물 좋아하는

티를 너무 내고 사나보다.

선물 중에 불가리 장미향수도 있었다. 이삿날 잃어버린 친구의 고양이를 찾는 데 눈 하나라도 잠깐 보태자고 경기도에 다녀오기도 해서 특히 더 피곤하고 꾀죄죄한 몰골이었는데, 향수를 보자마자 손목을 걷어붙이고 칙 뿌렸다. 고양이캔 비린내에 쩐 몸에 장미향수라. 그래도 아, 좋은 냄새! 정은숙은 내가 좋아하는 걸 어떻게 이리 잘 아는지.

향수 잊고 산 지 오래라서 집에도 향수가 많이 남아 있지만, 이 향수 먼저 쓰리라. 겨울이 가기 전에 다 쓰리라. 성냥팔이 소녀가 성냥 한 개비를 그을 때마다 피어난 환상 같은 불가리 장미향수 냄새. 헤어질 때 정은숙 표정이 어둡고 지쳐 보여서 마음에 걸렸다. 내 행복하지 않음에 그가 감염된 게 아닐까. 그렇지 않기를!

전에는 아니었으나 지금은 익숙해진 것들. 대표적인 게 목도리다. 목에 뭔가를 두르면 숨막힐 듯 답답해서 목도리나 스카프나 내게는 무용지물이었다. 한겨울에도 목을 훤히 내놓고 다녔다. 그런데 어젯밤에는 목도리를 찾아서 단단히 싸맸다. 감기 기운이 가시지 않아서 병이 깊어질까봐 겁이 더

럭 난 것이다. 서글프지만 이제 병드는 게 무섭다.

아, 무섭다는 말을 벌써 몇 번이나 하지? 무섭긴 뭐가 무서워? 씩씩하게 살자! 내가 시를 변변히 쓴다면 아무것도 무섭지 않을 텐데. 내 안에 힘이 그득 고일 텐데. 시만이 내 삶을 정당하게 하리라.

한 친구가 어렵사리 충고했다. 시쓰기에 시간과 힘을 모으라고. 늘 폭삭 지친 채 마감에 쫓기며 시를 쓰니까 쓰나 마나 한 시를 쓰게 되는 거 아니냐고. 뼈저린 말이었다.

시인 조은도 나만큼이나, 어쩌면 이래저래 나보다 더 힘들게 지낸다. 그래도 유머 감각이 살아 있는 게 용하다.

얼마 전 책 낸 걸 축하하는 자리에서도 웃겼다. 머리숱이 적은 걸 한탄하는 친구에게 조은이 간곡한 목소리로 말했다.

"선배, 그래도 세상 여자의 1%는 대머리를 좋아한단다."

흐흐, 위로하는 거냐, 약 올리는 거냐? 어쨌든 가을이다. 정녕 가을이다. 겨울 또한 머지않겠지만, 아직은 가을이다.

은아, 우리 좋은 시 쓰자! 세상 목숨 달린 것들이 우리를 불행감에서 헤어나지 못하게 하더라도, 거기에 지지 말자. 가여운 존재들을 위해서라도 이기자!

하나의 생에는 하나의 몸이 주어진다

다니엘 페나크의 소설 『몸의 일기』를 드디어 다 읽었다. '드디어'라는 건 우리나라에서는 2015년 7월 17일에 출간된 이 책을 시간이 지나서야 우연히 손에 넣고 홀딱 반해 읽다가 마침 만난 친구에게 넘기고, 다시 사서 이어 읽다가 또다른 친구에게 넘기고, 네번째에야 끝을 봤기에 하는 말이다. 선물용으로 각별히 구매한 것까지 총 일곱 권을 샀다. 내 시집도 누가 그렇게 사면 좋으련만……

화자가 12세 11개월 18일 되던 1936년 9월 28일 월요일에서부터 87세 19일인 2010년 10월 29일 금요일까지의 '몸의 일기'는 책 띠지에 적힌 대로 '배설, 성장통, 성性, 질병, 노화 죽음 등에 대한 가식도 금기도 없는 한 남자의 내밀한 기록'이다.

책을 얇은 비닐로 밀봉해서 판매하는데, '19금'이어서가 아니라 하얀 표지가 더럽혀질까봐 그랬을 것이다.

숨을 받는 순간부터 숨을 거둘 때까지 한 생이 맡겨진 몸. 하나의 생에는 오직 하나의 몸이 주어진다. 세상에서 자기 것이라 누구나 주장할 수 있는 확실한 건 자기의 몸이리라.

"무지는 무관심과 동의어"라며 제 몸을, 그리고 제 몸이 감지하는 세계(타자들의 몸)를 지대한 관심으로 대하는 화자 이니만큼 어릴 때나 젊을 때나 늙었을 때나 자기의 몸, 자기의 생을 공평한 호기심으로 사랑하며 유유히 받아들인다. 어릴 때는 병약했던 그가 비교적 장수할 수 있었던 건 신체 시계를 잘 타고나서이겠지만, 천수를 누릴 만하게 몸을 잘 관리한 덕도 클 테다. 가령 그 긴 세월의 몸 일기에 치통이나 틀니 등 치과 계통 언급이 일절 없는 것으로 미루어 양치질 도 잘하고 제때 처치를 잘 받은 모양이다.

여기 생각이 미친 건 내가 이 염천에 2주간이나 치과를 다녀서이겠지.

꽤 오랫동안 치과를 가지 않았다. 오른쪽 어금니 하나에 덮어씌운 금니가 빠져버려 심란했던 게 2년 전인데 어쩌다

보니 방치했다. 그뒤 이런 이 저런 이에 치통이 올 때면 치과에 달려가려다가도 의사 선생님한테 험악한 입속을 보이기 창피해 차일피일 미뤘던 것이다.

그런데 봄부터 왼쪽 어금니가 특히 밤이면 극렬하게 아팠다. 독주를 머금는다, 프로폴리스를 뿌려댄다, 대증요법으로 고비를 넘길 때도 있었지만 차차 진통제를 삼키고도 심장이 죄는 고통을 한참 겪고서야 통증이 가라앉았다. 참, 치통이 심할 때 과자를 먹는 것도 한 방편이더라. 완연 통증이 멎는데, 치아를 갉아먹던 충치균이 과자를 먹으려고 옮겨가서가 아닐까 싶다.

각설하고, 원래 다니던 치과로 가기 전에 애벌 치료를 받고자 동네 치과를 찾았는데 거기서 나는 내 인생의 치과의사를 만났다. 무려 3년 만에 스케일링을 하고 사랑니를 뽑고 아픈 이 치료를 시작한 첫날.

"이렇게 야만스러운 입안은 처음 보시지요?"

기죽은 내게 오십대 여성인 그이는 온화한 목소리로 참으로 담담하게 말씀하셨다.

"앞으로 차차 관리하면 되지요."

아, 얼마나 환자의 수치심을 늦여주고 마음을 편하게 하는 의사인지. 게다가 그 손길은 섬세하기 짝이 없었다.

시간이 좀 오래 걸리는구나, 사랑니는 언제 빼려나, 얼마나 아플까. 두려워하며 진료대에 누워 있는 와중에 잠이 솔솔 왔는데, 어느새인가 사랑니도 뽑고 그날의 치료를 마쳤다. 먼저 다니던 치과의 선생님도 미더운 분이지만, 배반의 가책에도 불구하고 나는 치과를 옮기기로 했다.

신경 치료를 마치고 금니를 덧씌우기까지 하루건너 치과를 다녔는데, 의사 선생님은 왜 이렇게 염증이 쉬 가라앉지 않나 의아했을 것이다. 실은 그 고생을 하면서도 야식 버릇을 고치지 못하고 군것질을 하다 잠이 들곤 했던 것. 그이가 알았으면 "나랑 누가 이기나 해보자는 거예요?" 하셨을지도 모른다. 날이 서늘해지면 오른쪽 치아 치료를 받기로 했는데, 또 죽을 듯 아파서야 갈 것인가.

치통을 해결하니 안질이 왔다. 작년부터 여름이면 계절병처럼 눈병에 걸린다. 닷새쯤 미루다 안과에 갔는데 환자가 스무 명 가까이 대기하고 있어 그냥 나왔다. 그게 일주일 전인데, 꾸덕꾸덕 낫는가 싶더니 그제부터 다시 심해졌다. 오늘은 마흔 명이 대기하고 있더라도 기다리리라. 내 '몸의 일기'는 구질구질하구나. 구질구질 내 인생?

달
걀
의

추
억

조류 전염병이 도는 지역의 수많은 사육 닭이 일제히 '처분'당했다. 두어 해 전 구제역이 돌아 돼지들이 몰살당했을 때, 돼지 사육업자들이 경제적 손실로 인한 비탄에 빠졌으며 멀쩡히 살아 있는 동물들 '살처분'을 담당한 이들이 극심한 심적 고통을 겪는다는 소식을 전해들은 기억이 아직 생생한데. 어차피 닭이나 돼지의 입장에서는 사는 것 같지도 않게 숨을 잇다가 조금 일찍 숨이 끊어진 것일 뿐이다. 그렇더라도 털이 짧아 분홍빛이 비치는 살갗의 몸집 커다란 생명체들이 집단으로 구덩이에 파묻히는 장면은 상상만으로도 그들의 공포와 고통에 전율하게 된다. 그 전율이 켜켜이 스며 있는 시인 김혜순의 시집들, 『피어라 돼지』와 『죽음의 자서전』이 떠오른다.

　육류 섭취가 불가피하다면 우리 인간의 정신건강을 위해

서라도 지금의 사육 방식은 달라져야 한다. 잡아먹히기 위해 키워지는 동물들에게 고맙고 미안한 마음으로 살아 있는 동안 자신의 생명을 구가하도록 애써줘야 한다.

생명에 대한 그 도리를 지키지 못하게 하는 건 우리가 필요 이상으로 육식을 하기 때문이다. 우리는 고기를 정말이지 너무 많이 먹는다. 그래서 피터 싱어는 명저 『동물 해방』에서 말한다. 지나친 육식 수요가 부른 공장식 사육을 하는 오늘날 우리가 고기를 먹는 건 그들이 겪은 지옥을, 고통을 먹는 거라고. 고통의 독으로 찐 고기라니 우리 몸 건강에도 좋을 게 없을 테다.

한 친구가 제 신기한 경험을 얘기해줬다. 언제부터인가 입에 당겨도 두드러기와 구토로 못 먹던 닭고기와 달걀을 여행지 터키에서 먹었는데 멀쩡했다는 것이다. 자유로이 놓아 길러진 터키의 닭이 그에게 독이 되지 않았던 것으로 미루어 그의 알레르기 원인은 닭고기 자체가 아니라 닭 사육 환경일 테다. 오늘의 사태를 거듭 발생시키는 그 환경을 고치는 게 동물 복지뿐 아니라 인간 복지를 위한 길이라는 생각을 많은 사람이 진지하게 했으면 좋겠다.

어쨌거나 대부분의 사람이 이번의 사육 닭 '집단 살처분' 여파를 달걀 가격으로 체감하는 나날, 2천 원대였던 열 알들이 한 팩에 '4,500원' 딱지가 붙었던 게 한 달 전이다.

"앞으로 얼마나 더 오를지 몰라요. 달걀이 떨어질지도 모르고요. 공급업자 말이, 달걀이 있어야 더 올리든지 말든지 한다고 하네요."

동네 단골 가게 주인 말에 평소보다 적게 놓인 달걀 코너에서 나는 얼른 한 팩을 더 집어들었다. 과연 그다음 주에는 5,500원이 됐다. 냉장고에 달걀이 충분함에도 나는 세 팩을 더 샀다. 이리 달걀이 귀해지는데 얼마나 좋은 선물감이 될까 하는 생각으로 내 사재기 행태의 부끄러움을 덮으면서. 관심도 없던 달걀과 그 가격이 중요 관심사가 된 것이다.

그동안 달걀값이 싸기도 쌌다는 생각이 새삼 들었다. 동물의 몸에서 어떻게 이리 정교한 세공품 같은 형태가 빚어져 나왔는지. 단단한 껍질로 둥그스름하게 둘러싸인 아름다운 생명체를 헐하기도 헐하게 소비해왔구나. 이제야 비로소 다소 제값을 치르는 듯했다.

어른들이 남의 집 방문을 할 때 달걀 한 꾸러미가 버젓한 선물이었던 그 옛날이 생각난다. 설탕 한 봉지, 정종 한 병이 기꺼운 선물이었던 그 시절의 짚으로 엮은 꾸러미에는 달걀들이 마치 둥지 에인 듯 포근히 담겨 있었다. 필시 유정란들이었을 테다.

물자가 귀했던 시절에는 많은 것이 선물이 됐다. 이웃이었던 한 아저씨가 '에노그'라 불렸던 그림물감 한 통을 선물로 들고 찾아왔던 생각이 난다. 라면 몇 개를 갖고 오신 적도 있었다. 살기 힘들어져 가족과 뿔뿔이 헤어진 그 아저씨가 당신 아이들 또래들이 있는 우리 집에 어렵사리 마련한 선물을 갖고 찾아오셨던 걸 생각하니 가슴 시리다. 그뒤 그 가족은 다들 어떻게 살았는지……. 아저씨는 이미 세상을 뜨셨을 것 같다.

한 해에 첫날을 두 번 맞이하는 것은 좋은 점이 있다. 새해 계획을 세울 새 없이 해가 바뀐 사람들에게 한번 더 기회가 주어지는 것이다. 설날을 앞두고, 새해에는 반듯하게 살아야겠다고 다짐해본다.

'반듯하게 살기'에 내가 담은 뜻은, '바르게'와 더불어 삶에 질서를 세우는 것이다. 되어가는 대로 살지 말고, 생각을 하면서 살자는 것이다.

딩동댕、 파라솔 아래서

파도 소리 들으며 책을 읽으리

개미가 너무 많이 보인다. 방에서도 우리 고양이들 밥을 개미로부터 지키려면 해자垓字를 만들어야 한다. 접시에 물을 채우고서 중앙에 사기그릇으로 기둥을 세우고 그 위에 밥그릇을 놓는 것이다. 방바닥은 말할 것 없고, 식탁 위에도 책상 위에도 개미가 떼 지어 줄지어 다닌다.

내가 과자 부스러기를 많이 흘리고 살아서 그렇다는 친구도 있지만, 과자 부스러기로 산을 쌓아도 애초에 거기 개미가 없었다면 개미 세상이 될 일 없을 테다. 그리고 보니 길고양이 밥을 줄 때 가방에 묻어 우리 집으로 이주했을 개미들의 생가가 있는 풀밭도 올여름에는 개미가 유난히 성하다.

나는 벌레를 싫어하지 않지만, 맞닥뜨리면 해치게 된다. 방금 랩톱 옆을 바지런히 지나가는 개미 한 마리를 눌러 죽였다. 지난밤에도 여러 마리 모기 숨이 끊어졌을 테다.

우리 고양이 란아가 옥상에 나가겠다고 해서 방충망을 열어줬는데, 마침 놀러와 있던 친구 말이 모기떼가 들어왔다는 것이다. 나는 모기보다 모기향을 더 싫어하지만 할 수 없이 모기향을 피웠다. 여름은 벌레들의 계절. 나날이 살생이다.

오늘은 초복, 여름의 한가운데다. 이제 하나둘 바캉스를 떠나겠지. 별로 부럽지 않다. 거의 벌거벗고 해수욕을 즐기던 시절이었다면 바다에 가고 싶어 안달이 났을 테다. 언제부턴가 여름의 뙤약볕도 뜨거운 모래밭도 향유의 대상이기는커녕 내 몸이 당해내지 못할 공격 같다.

이십대 끝 무렵의 여름이 생각난다. 한 사설 문학단체에서 주관하는 '여름해변학교'에 초대를 받았다. '응하마'라고 대답은 했지만, 모르는 사람들과 함께 사흘을 보내는 게 내키지 않았던 터에 출발하는 날 아침에 비가 오기도 해서 취소됐을지도 모른다고 나 좋을 대로 판단했다. 그리하여 내처 잠을 자다가 전화를 받았다. 화난 목소리였다.

나 때문에 기다리던 전세버스가 면목 없는 얼굴의 나를 태운 뒤 비를 뚫고 달렸다.

날씨는 우중충했고 나는 시무룩했다. 나처럼 약속을 하고 나와 달리 끝내 오지 않은 한 남자 시인이 부럽기도 했다. 젊은 시인이었던 우리 둘은 구색 맞추기였는지 다행히도 행사에 임무를 주지 않았다.

전체 참가 인원이 쉰 명 남짓이었던 것 같다. 숙소는 바닷가 집이었는데 버스에서 내려서 제법 걸었다. 넓지 않은 방 하나에 다섯 명이 묵는다고 해서 깜짝 놀랐다. 그나마 시인들에게는 방이 배정됐지만, 일반 참가자는 텐트에 묵기도 한다고 했다. 그래도 다들 기대에 찬 얼굴이었다.

편한 옷으로 갈아입은 뒤 마당에 나가 저녁밥을 먹고 방으로 돌아갔다가 심심해서 도로 나왔는데, 한 방의 열린 문 너머 광경에 눈이 번쩍 뜨였다. 세 남자가 고스톱을 치고 있었다. 그 지방 텔레비전 방송국의 촬영 기사였던 그들은 나를 끼워주었다. 얼마나 재밌던지.

한 시간쯤 내 독무대였는데, 잠깐 볼일이 생겼다고 두 사람이 자리를 떴다. 그들이 빨리 돌아오기를 기다리던 내게 남은 한 사람이 소위 '맞고'를 치자고 했다. 오케이! 이십 분이나 됐을까. 순식간 그동안 딴 돈은 물론 지갑을 다 털렸다. 뭐 본전이 많지는 않았다. 한 5만 원쯤이었나.

이윽고 두 사람이 돌아오고, 나는 잠시 방문 앞에 서서 그들이 노는 걸 들여다봤다. 오다가다 노름방을 흘깃거리던 캠프 주최자가 빙긋 웃으며 물었다.

"돈 빌려줘요?"

몇 해 뒤 한 커피 자리에서 만난 그이가 말했다.

"그때 참 보기 안 좋았어요. 젊은 여자가 핫팬츠 차림으로 남자들 사이에 앉아서 고스톱 치는 거."

오, 아무 생각 없었는데, 그럴 수도 있었겠구나. 나는 살짝 얼굴이 달아올랐다.

다음날 아침에 한적한 바닷가를 찾아서 혼자 헤엄을 쳤다. 일행 중 수영복을 활용한 사람은 나밖에 없었을 것이다. 생각하니 교통비고 숙식비고 한푼 내지 않고 무심하게 바다를 즐기고 왔다. 대체 시인이 뭐기에 그런 혜택을 누렸을까.

몇 해 벼르기만 했던 바캉스를 시도해야겠다. 이른 오전에 영종도의 바닷가에 가서 『은하수를 여행하는 히치하이커를 위한 안내서』를 읽다가 하오가 되기 전에 돌아오는 것이다. 차 속에서도 왕복 네 시간은 읽을 수 있다. 1235페이지, 1.6킬로그램. 이 책을 다 읽으면 여름도 한풀 꺾이리.

나,

덤으로 살고 있는 것 같아

나, 지금/ 덤으로 살고 있는 것 같아/ 그런 것만 같아/ 나, 삭정이 끝에/ 무슨 실수로 얹힌/ 푸르죽죽한 순만 같아/ 나, 자꾸 기다리네/ 누구, 나, 툭 꺾으면/ 물기 하나 없는 줄거리 보고/ 기겁하여 팽개칠 거야/ 나, 지금/ 삭정이인 것 같아/ 핏톨들은 가랑잎으로 쓸려다니고/ 아, 나, 기다림을/ 끌어당기고/ 싶네.

—졸시, 「나, 덤으로」

우리의 '최애最愛' 선생님 이제하께서 제주로 이주하신 지 딱 1년 되는 날이었다. 선생님을 뵈러 제주행 비행기를 탔던 어제가 생각해보니 그랬다. 가지 말라, 가지 말라고 그렇게 매달려도 무정하게 서울을 뜨신 선생님. 놀러오라고, 다녀가라고 유정히도 누누이 청해주셨는데 이제야 움직이니 매인 데 많은 신세도 신세지만 우리 마음이 퍽이나 퍽퍽하고 굼

떠진 게 까닭이리라. 복 받을진저, 선생님은 영원한 청춘이어서 그런 마음 상태를 당최 이해하지 못하시리. 늙음은 나이 순이 아니랍니다.

한번 움직이기도 이렇게 힘든데 1년 새 선생님은 오가느라고 얼마나 고생스러우셨을까. 더욱이 저렴한 만큼 이래저래 어딘지 불편하고 외관도 떨어지는 저가항공기를 타고 말이다. 그래도 승무원들은 아주 친절하고 발랄하더라.

그 짧은 항행 시간에 앞자리 좌석 등받이에 꽂혀 있는 카탈로그를 꼼꼼히 살펴본 뒤 '기내 면세품 예약 주문서'를 작성하기 시작하는데, 한 승무원이 다가와 속삭였다. 이해심 담뿍 담긴 눈빛으로, 이렇게 고하는 저를 이해해달라는 듯한 미소를 띠고. 그 카탈로그는 국제선 승객을 위한 것이라는 것이었다.

싱글몰트 위스키니 리필 제품이 첨부된 콤팩트 파운데이션이니 오메가3 세트를 지성으로 골랐건만. 쇼핑의 가장 큰 즐거움을 공짜로 맛본 셈이지 뭐. 민망해하는 나를 향한 그 승무원의 따뜻한 눈빛은 제 어머니 또래 여성을 대하는 그것이었다. 서른쯤 먹었을까. 내가 「나, 덤으로」를 쓸 때 나이군.

현재의 절반 나이인데, 그때 나 왜 그렇게 늙은 기분이었을까.

「나, 덤으로」가 1990년에 펴낸 시집 『슬픔이 나를 깨운
다』에 실린 걸 알고 나는 깜짝 놀랐다. 서른다섯 살쯤에 썼
었나 했는데 그전이었단 말이야? 나, 엄청 조로했었구나. 그
러니까 변변하게 젊은 적이 한 번도 없었구나.

청춘의 막바지라 여긴 이십대를 보내버린 불상사를 겪으
면서 불모감에 진저리를 쳤었지. 아, 황폐해! 아, 황폐해! 입
에 달고 살았지. 기어이 마흔이 됐을 때의 모멸감과 이물감,
점입가경으로 쉰 살이 되고도 살아 부지해 이 나이가 됐으
니 차라리 갸륵하도다. 나이듦에 대한 이 저항감과 혐오가
나만 유별한 게 아니겠지만 내가 유난한 건 맞는 것 같다.

괴팍한 히피 작가로 알려진 찰스 부코스키의 에세이집
『죽음을 주머니에 넣고』의 한 대목이 생각난다. 흔히 열 살
만 더 젊었으면 바라지만 그래 봐야 자기는 이미 젊지 않은
나이라는. 그 '이미 젊지 않은' 나이인 나는 절대 동감이었다.

'죽음을 주머니에 넣고'를 쓸 무렵의 부코스키보다 열 살
더 드신 이제하 선생님. 바다 건너 이주를 감행하시다니, 부
코스키도 따르지 못할 자유로운 영혼이셔라.

단
아
하
게

살
기

미국 사는 언니가 서울에 다녀간 게 지난달 일이다. 남자친구가 동행했고, 내 조카인 작은아들이 뒤에 합류했다. 혼자 왔더라면 언니는 내 집에 묵고 싶어했을 테다. 모골이 송연하다.

전에는 내 거처의 남루함에 대한 자의식이 전혀 없어서 되는 대로 집에 사람을 들였었다. 그런데 우리 집에 들어와서 경악을 금치 못하는 무례(?)한 표정을 두어 번 본 뒤로 나도 태연하지 못하게 됐다. 남이 그럴진대 언니한테는 상처가 되리라. 뭐, 집 자체는 내게 과분하게 훌륭하다. 살뜰한 손질을 받는다면 멋진 루프톱 공간으로 빠지지 않을 테다.

15년 만의 체류인데다 기간이 짧기도 해서 언니가 우리 집에 들를 시간을 피차 만들지 않은 게 부자연스럽지는 않았다. 하지만 우리 고양이들을 찍은 사진들을 보여줄 때 언니가 유심히 본 건 고양이가 아니라 그 배경이었을 테다. 항상 나 때문에 가슴 아파하고 마음 졸이는 언니. 내가 너무 살이 찌고 늙어서 충격받았지.

10년쯤 전 내가 언니네 갔을 때는 함께 다니다 언니 지인을 우연히 만나기라도 하면 내 꼴이 부끄러운 듯 쓸데없는 말을 붙였다.

"오 마이 갓! 내 동생인데 이렇게 늙고 못생겨졌네."

듣고 있자니 어색해서 한번은 나도 한마디했다.

"그만해! 내가 클레오파트라였는 줄 알겠네."

이번에는 서글픈 얼굴로 차마 입을 못 열더라. 직관이 뛰어난 언니니까 내 사는 정황을 꿰뚫어봤을 테다.

정신이고 육체고 추스를 힘이 남아 있지 않은 삶. 가진 에너지를 다소 남기고 살아야 하는데, 바닥에 바닥까지 싹싹 태우게 되는 나날.

미국에 돌아간 뒤 첫 전화 통화에서 언니가 말했다.

"너 그동안 미국 다녀가라 해도 이 핑계 저 핑계 대고 안 온 게 고양이들 때문이지?"

"꼭 그렇지는 않아."

"너를 말릴 수 없다는 건 알겠어. 그러니까 반으로 줄여.

응? 제발 부탁이야."

기가 팔팔한 언니가 슬픈 목소리로 애원하니 "어, 응, 그래" 말고 무슨 대답을 하나. 고양이들 욕 먹이지 않기 위해서라도 내가 정신 바짝 차리고 잘 살아야지.

요즘 내 모토는 '단아하게 살자'다. 그러기 위해 우선 밤새 자다 깨다 하면서 책 읽고 군것질하는 짓을 끊으려고 한다. 오늘까지 실행 나흘째다. 『여름은 오래 그곳에 남아』를 읽으면서 내가 이 소설처럼 살면 언니가 얼마나 행복해할까 서글픈 망상을 했다.

조카한테 선물하려고 아끼던 오르골을 서랍에서 꺼냈다. 손가락만 한 수동식인데, 앙증맞은 손잡이를 돌리면 멜로디가 가냘픈 소리로 흘러나온다. 플라스틱 CD 케이스 위에 놓고 돌리면 낭랑하고 크게 소리가 울린다. 그래서 이 또한 내가 아끼는 코니 프랜시스 더블재킷을 같이 줬는데 언니가 핀잔했다.

"얘는 무슨 그런 옛날 가수를 애를 주니? 얘는 코니 프랜시스 관심도 없고 알지도 못해."

마치 내가 가요 〈두만강〉으로 유명했던 김정구 선생 노래를 중학생한테 권하기라도 한 듯했다.

제 엄마 말에 겸연쩍게 고개를 끄덕이던 조카가 나를 위해서 옛날 가수를 떠올려낸 듯 물었다.

"이모, 비틀스 좋아해요?"

"아, 비틀스! 좋아하고말고. 너도 비틀스 좋아하니?"

내 반색에 조카는 애매하게 미소 지었다. 그리고 대화가 이어지지 않았는데, 지금 생각해보니 조카가 언급한 가수는 비틀스가 아니었던 것 같다. 비티에스(BTS), 방탄소년단이었는데 내 귀에 비틀스로 들렸던 것이다. 아는 만큼 들린다.

모든 것이 아름다울 뿐

새해 첫 달 달력을 본다. 소한은 지났고 두 주일 뒤에 대한이다. 다음 장을 넘기니 2월 4일 입춘, 19일이 우수. 이렇게 이 겨울도 얼추 가겠다. 봄 또한 머지않으리라 힘이 나려다가 순식간 내년 이맘때 나이만 한 살 더 먹은 채 다시 한겨울이라는 생각에 기가 꺾인다. 아무래도 내가 요즘 비관 모드에 놓인 것 같다. 어제저녁에도 그랬다.

이웃 동네에 사는 후배 시인이 자기 어머니께 드릴 선물로 캐시미어 목도리를 사는 김에 내 것도 함께 샀다고 가지고 왔다. 어린아이 둘을 데리고 친정에 들어가 지내는 그는 늘 생글생글 웃으며 힘이 넘친다. 자리에 앉으면서 예의 쾌활한 목소리로 그가 물었다.

"선생님, 최근에 무슨 좋은 일 있으셨어요?"

자격지심일까. '좋은 일'을 생각하고 힘을 내 살라는 뜻을 담아 준비한 질문같이 여겨져 살짝 짜증이 나서 나는 "몰라, 생각 안 나"라고 했다가 내가 퉁명스러웠나 싶어서 묽힐 겸 "너는 무슨 좋은 일이 있었니?"라고 되물었다.

"어······."

멈칫거리다 그가 대답했다.

"노총각 친구가 드디어 결혼을 하게 됐어요."

"잘됐네."

"그쵸? 그쵸?"

"응, 근데 결혼하는 게 꼭 좋은 일인가?"

별생각 없이 잇는 내 말에 그가 "그쵸? 꼭 좋은 일일까요? 그럴까요?" 대꾸했다. 갑자기 대답을 하려니 노총각 친구의 결혼 건이 일착으로 떠오른 걸 테다. 아마 그 소식을 듣고 제 일처럼 기뻤을 터. 그 기쁨을 내가 좀은 시들하게 만들고 말았다. 누군가에겐 결혼이 꼭 좋은 일이지. 이 말을 했으면 좋았을걸.

다행히도 후배는 내 썰렁함을 무찌르고 열정적으로 제 밥벌이 계획을 들려주었다. 생글생글 웃으면서 "제가 소녀가장이잖아요"로 말문을 열며. 마흔이 훌쩍 넘은 저를 '소녀가

장'이라 이르는 건 아이들뿐 아니라 늙으신 친정 부모의 생계까지 책임지려는 각오이리라. 화훼에 관심이 많아서 꽃집을 운영하는 게 꿈이라는 얘기는 전부터 들은 터였다.

화분갈이부터 열심히 배우리라는 것, 그냥 꽃집으로는 안 되고 책방을 겸할 거라며 이런저런 아이템을 펼쳤는데, 수익성도 있어 보이고 썩 매력적이어서 소개하고 싶지만, 영업기밀이니 입을 다물련다. 그런데 문제는 가게 임차다. 후배가 미리 알아본바 임대료가 끔찍하게 비싸다.

그가 사는 동네에 새벽 한시까지 하는 빵집이 있다. 나도 익히 아는 재래시장 입구 건너편에 있는 가게다. 수십 가지 빵을 만들면서 쌓아놓고 파는데, 퍽 싼 가격이어서 인근 제과점이 장사가 덜 된다고 한다. 거기 월세가 250만 원이라나. 말도 안 된다고 내가 펄쩍 뛰자 후배는 세상 다 산 표정으로 담담히 말했다.

"다 그래요. 그래도 남으니까 하겠죠?"

그 집 빵 가격을 생각하면 얼마나 팔아야 250만 원이 될지 가늠이 안 된다. 그다지 넓지도 않은 공간에서 두세 명이 일하던데, 대체 얼마나 남는다는 걸까.

후배 말대로 그 집만이 아니다. 건물주들은 정말 끔찍한 마음을 가진 사람뿐인 걸까. 이건 숫제 상노商奴다. 상업 지역에 노점을 마구 활성화했으면 좋겠다. 그러면 건물 임대료가 좀 내려가지 않을까.

내가 지금 무슨 말을 하고 있지? 음……. 나의 침울한 마음, 비관 모드에 대해 얘기해볼까 했는데 딴 얘기로 빠지다가 급기야 누구(건물주)를 욕하고 화를 내니까 좀 기운이 난다.

내가 요즘 심각하게 우울한가보다. 이상기온에 대해 생각하다가 내 살아 있는 동안 지구 멸망을 볼 수 있겠다 결론 내리면서 모든 생명체에 암적인 존재인 인류는 자업자득이라 치고 다른 동식물은 무슨 죄인가 싶었다. 그런데 생각이 거기서 그치지 않고 다른 동물들, 그들은 인간이 없었으면 과연 살 만했을까로 이어지면서 아니라고 또 결론을 내렸다. 더 강한 동물에 대한 공포와 굶주림 등등. 결국 태어나지 않는 게 제일이라는. 내가 늙고 병들어서 생각이 이렇게 돌아가는 거겠지. 젊은이들은 부디 달리 느끼기를.

피겨 스타 김연아를 떠올리게 하는 메건 애벗의 장편 『이제 나를 알게 될 거야』에 이런 구절이 있다. '아픈 모습을 보이면 안 돼. 모든 것이 아름다울 뿐 아픔은 없어야 해.' 대개 인생은 아픈 것이다. 그럴수록 나의 시는 '모든 것이 아름다울 뿐 아픔은 없어야 해'. 부디 그러기를.

좋은 일이 아주 없는 건 아니잖아

1판 1쇄	2020년 10월 14일
1판 3쇄	2021년 6월 14일

지은이	황인숙

책임편집	이희숙
편집	박선주 이희연
그림·디자인	김선미
제작	강신은 김동욱 임현식
마케팅	백윤진 채진아 유희수
홍보	김희숙 김상만 함유지 김현지 이소정 이미희 박지원

펴낸이	이병률
펴낸곳	달 출판사
출판등록	2009년 5월 26일 제406-2009-000034호

주소	10881 경기도 파주시 회동길 455-3
✉	dal@munhak.com
🆈f🅾	dalpublishers

전화번호	031-8071-8682(편집) 031-8071-8671(마케팅)
팩스	031-8071-8672

ISBN	979-11-5816-120-0 03810

• 이 도서의 국립중앙도서관 출판예정도서목록(CIP)은 서지정보유통지원시스템 홈페이지
(http://seoji.nl.go.kr)와 국가자료공동목록시스템(http://www.nl.go.kr/kolisnet)에서
이용하실 수 있습니다. (CIP제어번호: CIP2020041102)